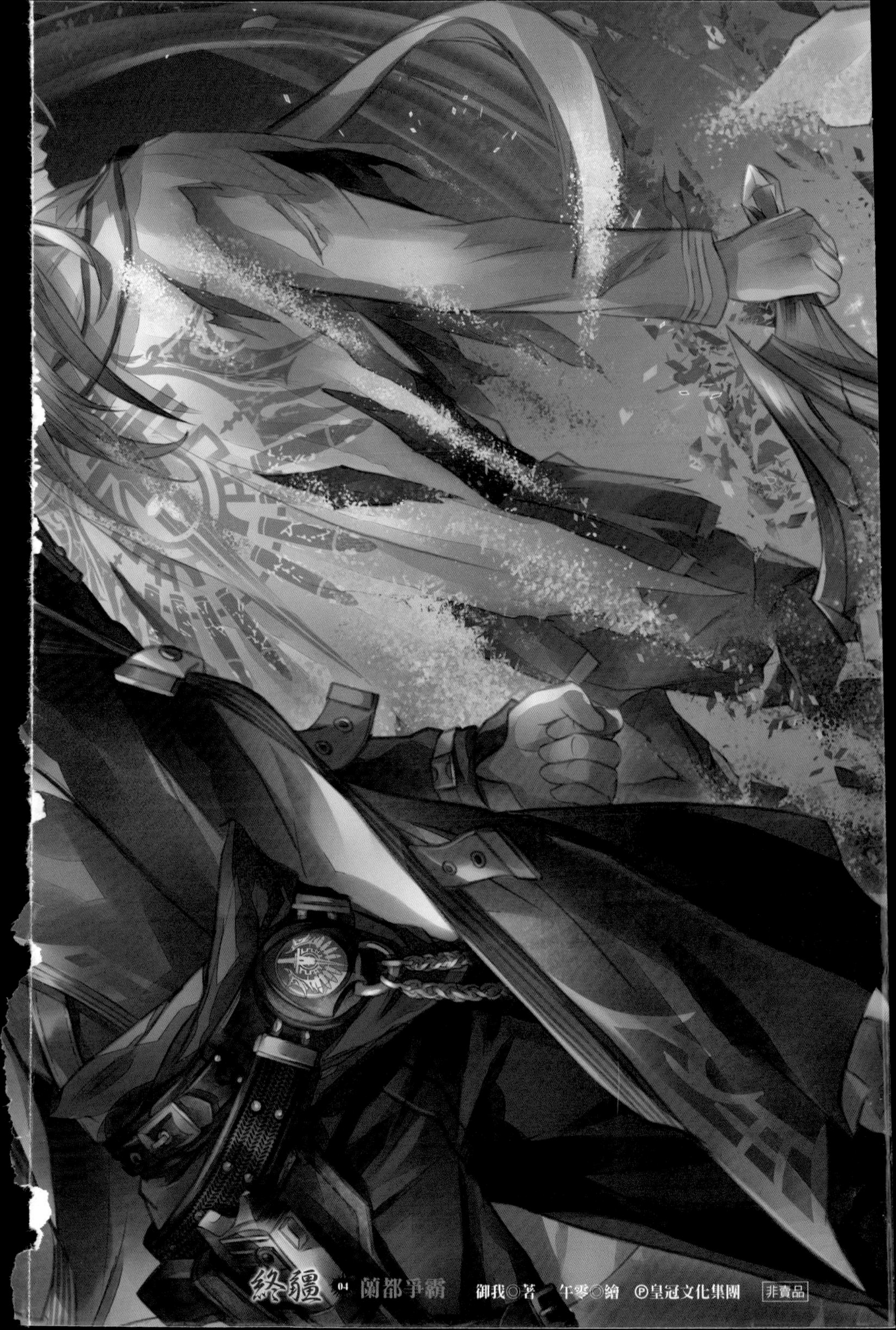
終疆 04 蘭都爭霸
御我◎著 午零◎繪 Ⓟ皇冠文化集團
非賣品

終疆

04 蘭都爭霸

御我—著　午零—繪

這樣的【角色介紹】真的沒有問題嗎？

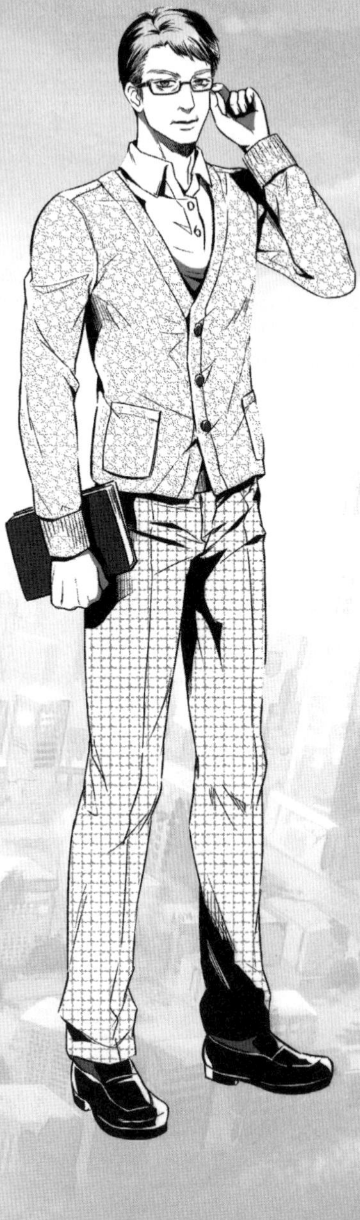

✥疆凌青✥

四十五歲，疆家三兄妹的叔叔，考古學家，因為兄長早逝，成為三個孩子的監護人，結果因為是個徹頭徹尾的學究，以往都是兄長照顧他，兄長逝世後，姪子接手，是個被監護的監護人。

陳彥青

二十六歲，職業軍人，嘴上花花的傢伙，全小隊都知道他男女通吃，也知道他有色心沒色膽，不管男女通通都沒勾搭上，成為全軍公認的本世紀最後一個純情小軍人。

關薇君

二十五歲，大剌剌又男孩子氣的女性，學過防身術武術空手道等等不計其數，暴力傾向分數已破表，另一項嗜好是玩網路遊戲，遊戲名稱一律取「不服來戰」，這輩子最大的野望是找個可以天天過招的老公——但至今還沒有男人敢跟她交往。

目次

楔子

分解重組

「沈千茹死了。」

我愣了一下，雖不是太意外，但又覺得怎麼會死到她呢？沈千茹又不能戰鬥，連異能都沒有挖掘出來，照理說應該會待在最安全的地方，不容易出事才對。

不過回頭想想，之前我還不是待在家裡，然後就被鳥抓走了嗎？在末世，什麼狀況都可以發生，或許被異變的老鼠咬一口就掛掉了也說不定。

君君更進一步說明那群大學生的狀況。

「我叫蘇盈躲在房間裡別出來，免得大哥連她也想一起殺掉，丁駿也是一樣，大家讓他盡量不要出現在大哥面前。」

什麼？這話的意思難道是指沈千茹是被大哥出手殺的？

這到底什麼狀況，我真是想不透，雖然大哥是不怎麼憐香惜玉，但絕對不會無緣無故殺人，還是個手無縛雞之力的女人，他對女人的容忍度還是比男人高上那麼一點點的。

「大哥怎麼會想殺那群大學生？」我百思不得其解，還是用問的比較快。

君君卻先反問：「二哥你還記得大紅鳥來的那一天，是一道槍聲把鳥引下來的嗎？」

我點了點頭，當時我讓雲茜去把大家都武裝起來，自己則躲在閣樓觀察，本來花屍鳥群都要直接飛過去了，結果樓下一道槍響把鳥都引下來，才發生後面一堆事情。

「那時，雲茜姐發槍給我們，不肯給沈千茹，她就趁著我們不注意的時候偷偷拿了一把，還不小心擊發一槍。」

原來那時讓花屍鳥停下腳步的槍聲是這麼來的！

我無言了，沈千茹妳敢不敢更找死一點？不會用槍就別拿啊，真以為現實像電影那樣，拿到槍立刻就能成神槍手了不成？

「二哥你被鳥抓走的時候，大哥都要瘋了，開車追了好遠還是追不上，連鳥都看不見，不得不先回家，聽到雲茜姐說起這件事，他當場就把沈千茹殺掉。」

說到這裡，君君忍不住深呼吸一口氣，想來應該是對那個場景感到非常心驚。

「妳就沒勸勸大哥嗎？」我摸了摸鼻子，雖然自己是受害者，不過因為活著回來了，怨念倒是沒那麼深。

「才不勸呢！」君君怒說：「我也很生氣！二哥你滿身傷還被鳥抓走，都是她害的，不會用槍還要偷拿，出事害到你，難道我還要勸大哥不殺她嗎？我只想電死她！二哥你想想，如果她害我被抓走，你會勸大哥不要殺她嗎？」

若被鳥抓走的人是書君……媽的，毀滅世界的心都有了！我立刻認錯道：「是不該勸，我錯了，對不起。」

君君點了點頭接受我的道歉，繼續說下去。

「我們都急瘋了，大哥帶上小殺，兩個人先照著鳥飛的方向追，讓其他人打包物資，隨後跟上去。臨時出了這種事，大家又忙又急，看見蘇盈和丁駿都沒好臉色，我就叫他們盡量別出現在大家面前，我會給他們送飯。」

說到這，她的臉垮了下來，咕噥：「其實我也不想理他們，想著如果當初沒有帶他們回家，二哥你就不會出事了，可是又覺得他們很可憐，事情也不是他們做的。」

君君一副兩難的為難模樣。

我摸了摸她的頭，安慰道：「妳做得對，誰做的事誰擔，用不著遷怒。」

如果被抓走的人是君君，我大概會遷怒整個世界，不過教育可愛善良的妹妹時，當然不能這麼說，雖然希望把君君教得堅強又有自保能力，但我可不打算把她教育成三觀全毀道德淪喪的魔女啊！

君君突然想起什麼來，連忙說：「對了，二哥，你有空就去看看大哥的能力，他殺掉沈千茹的方式很奇怪……」

她停下話來，手在空中比劃半天，最後氣餒的說：「好難說，我不會說，就是整個不見了。」

整個不見了？我有點疑惑，更是大感好奇，立刻說：「我現在就去找他。」

尋人的路上卻先碰到丁駿，他坐在庭院樹下的石椅上，兩手各一顆螺絲帽，飄浮在掌心十公分上方，這倒是不符合書君叫他和蘇盈躲著別出現的事情，但這也不奇怪，他莫名就承受一個無妄之災，年輕人總是會不服氣，故意坐在人來人往的庭院擺顯自己的能力，這也是可以理解的事情。

丁駿看著我，那神色一看就是不甘心，雖然他努力面無表情，卻免不了洩漏出來，掩飾的工夫還不到家。

「晚上到餐廳吃飯。」我對他說：「這段時間辛苦了，接下來不會有事的。」

丁駿沉默了一下，點了點頭。

這傢伙還真是沉默寡言，雖然小殺一開始也是這樣，但熟起來以後，倒是不覺得他冷漠，反而還會覺得那傢伙很容易害羞，老是被凱恩逗得惱羞成怒，八成只是用冷漠來掩飾真實個性。

這個丁駿不知道是不是也如此？希望熟起來以後，他就不會這麼陰陽怪氣的，不然的話，就把他丟給凱恩負責好了。

想了一想，我卻沒去找大哥，而是來到二樓的右邊長廊，這裡的房間劃給女性居住，男人則住另一邊，唯一的例外是疆家全體住在三樓右邊，我們三兄妹的房間還是相鄰的三間，君君夾在我和大哥的中間，保護意味濃厚。

大哥說他是傭兵團長，有特權住半層樓，另外半層，他打算改裝成會議室，給核心成員開會用。

真．特權人士沒引起團員的不滿，只引來一陣偷笑，大家難得可以恥笑威嚴的團長，機會把握得妥妥的，每一個眼中的笑意都快溢出來了，可惜大哥的定力和臉皮都是團長級的，硬是保持著傭兵團長的威嚴，彷彿他不是那個硬要把弟妹放在身邊顧著的大哥。

來到二樓，我嘗試性地敲了幾扇門後就找到目標。

蘇盈怯生生地打開門，看見是我，嚇了一大跳，差點就反射性想把門關上。

「晚上到餐廳來吃飯吧。」我保持笑容，不想把對方嚇得太兇，之前她可是很怕我的，再被大哥這麼一嚇，八成都想逃走了，只是她一個人到外面也是個死字，所以不敢逃而已。

蘇盈一聽，這才抬起頭來看著我，見我是認真的，她的臉垮了下來，抽抽搭搭地哭起來，那模樣不知有多委屈。

「幸好你活著回來了，不然的話……」她不敢再講下去。

我拍了拍她的肩，安慰道：「放心吧，沈千茹的事情和你們無關，接下來不會有人怪你們了，別怕。」

聞言，她卻哭得更慘，整張臉哭得跟母魔嬰那張衰臉有得一拚，看來這段時間的困境真的嚇壞這個女孩子了。

我也沒打擾她，靜靜拍女孩的背，讓她哭個夠，哭完應該就沒事了。

她哭了一陣子才停下來，不好意思的抹抹臉，說：「那、那我現在去廚房幫書君煮飯。」

我點點頭，頗為滿意，這個女孩子還是很搞得清楚狀況的，帶回來的三個人中，蘇盈是最讓人喜歡的一個，當初在地下室也是她出聲提醒我有危險，加上異能又是少見的精神系，還是好好安撫一下，讓她可以安心待在團隊中，往後可以成為真正的成員。

「那我去廚房了。」

我笑著點頭，她一關房門，小心翼翼地繞過我，然後迫不及待的拔腿就跑。活像背後有異物在追似的！

蘇盈妳能不能更沒眼光一點？有我這麼帥的異物嗎？我忿忿不平的收起笑臉，皺了皺眉，難道第一印象就這麼難顛覆？連我這張臉都搞不定？

這時，蘇盈突然回頭一看，嚇得腿軟差點給我跪下了，她鞠了一個九十度大躬，大叫：「對不起，我忘了說『告退』，我先下去了。」

「……」

我還皇上萬歲咧，告什麼退！居然怕我怕成這樣，蘇盈妳的眼睛是糊到異物肉了嗎？

應該不是以退為進吧？故意甩冷臉過來的女生也不少，從小到大遇過各式各樣想引起我注意力的人，都怪這張臉實在長得太妖孽，這實在是個看臉的社會……

樓梯傳來一聲「哎呀」，然後是「砰砰砰」的摔倒聲，最後大叫一聲：「我沒事！」

……八成不是。

我忍不住笑了出來，感覺蘇盈真的很適合疆域，她完全是個天兵，不加入天兵團簡直沒天理啊！

「在笑什麼？」

聽到熟悉的嗓音，我轉身笑著喊：「大哥，你怎麼在這？」

「正要下樓。」大哥站在樓梯口，說完，看我笑著等他說下一句，這才略尷尬的說：「想去看看你在哪。」

我點點頭，很能理解，要是書君被鳥抓走，失蹤好一陣子才回來，我大概會直接住在她的右手邊好幾個月。

「正好，我也想找你。」

「喔？找我什麼事。」大哥笑了笑，看起來挺高興的，他只要看著我正正常常不抱著盆栽就高興了，這真讓人覺得有點困擾，但也無解，只能讓小容躲在房間或者縮在衣服裡下，少出來見大哥。

君君倒是不討厭小容，但是她非常看不得我不穿鞋，就算已經說清楚這是在練異能，但她還是每次看見每次紅眼眶，我只好乖乖把鞋子穿好。

可惜找不到男用夾腳拖，那東西穿脫方便，倒真是不錯，君君那邊是有幾雙夾腳拖，但她的腳小，我根本穿不下，找了又找，好不容易找到一袋子藍白拖——但我沒買啊？八成是賣場偷偷把一些滯銷品也結帳當作我掃的貨了，嘖嘖，算你們幹得好！

結果一穿上就被君君鄙視了，她說這種鞋子和我的臉太不搭，看得她眼睛痛，不准穿！

唉，當初就怎麼忘了買夾腳拖，雖然是因為以前沒穿過夾腳拖，當然也不會記得帶了。嘖嘖，以後不管什麼物資通通收回來就對了，誰知道哪天會用上呢？

「書宇，回神。」大哥老神在在的提醒。

「喔。」我清醒過來，問道：「君君說你殺沈千茹的方式很古怪，我就想找你看看是怎麼回事？」

大哥點了點頭就逕自走下樓，丟下一句：「去院子裡。」

我立刻跟上去，當然去院子了，大哥這麼威，在另一個世界還是冰皇呢！等等房子被拆了怎麼辦？

雖然這間房子中西合併，風格很古怪，不怎麼符合我的審美觀，但至少是現在的落腳處，而且要攻下蘭都是長遠的計畫，這間屋子恐怕要住上好一段時間，就算之後真的搬去蘭都，這裡也是極好的哨點，可以看見整座城市，肯定要派人過來住著，所以當然要好好珍惜屋子。

到了院子裡，丁駿還在那裡，一看見大哥，立刻雙目放光，猛地站起身來，但下一秒看見我，立刻臉色一沉，隨後又用面無表情來掩飾。

要不是丁駿的表情看著不像愛慕，比較像崇敬，我都覺得他是不是愛上我家大哥，把我當成礙事的電燈泡……嗯，這想法真的太驚悚，快忘掉！不是每個人都有我這種淫哥戀妹的歪腦袋。

丁駿帶著點緊張的說：「團長好。」

大哥看見丁駿倒是沒什麼特別的反應，只有團長的肅然威嚴，淡淡的說：「這裡我要用，你先換個地方。」

下令完，他就轉頭過來，滿臉堆笑的說：「書宇，你等等，我去找點東西過來示範給你看。」

你變臉呢！大哥。我摸摸鼻子，看來大哥這次真愧疚得不行了，以前，他每次太久沒回家，回來的時候就是這副德行，對著弟妹滿臉堆笑，威嚴都收保險箱放了，連雲茜和鄭叔都不忍卒睹，常常望著窗外研究陽光為何如此燦爛。

其實連叔叔嬸嬸也是這副德行，要是考古太久沒回家，或者又不小心受了傷，那回來的時候肯定笑得一臉向日葵似的綻放，我光看他們的表情就知道怎麼回事，都不用去檢查哪裡有傷。

「嗯，去吧。」

大哥左右看了看，微微皺眉，似乎找不著合適的東西，所以走遠去尋找，看他走向樹叢，八成是想拆點樹枝下來，唔，希望那些樹沒有像小容這麼厲害的。

丁駿站在原地，一副不想走的樣子，讓我不禁皺了眉頭，雖然不在意他留不留在這裡，但大哥都下了指示，他卻不聽，這樣可不行！

「沒聽見團長說的話嗎？」我冷道：「還留在這裡是什麼意思？」

丁駿的臉一僵，倒是沒有流露出憤怒的表情，雖然僵硬的肢體動作仍舊流露出憤怒的意思，他點頭道：「對不起，我這就走。」

看著他走出庭院，我感到一陣不耐，這才收三個人呢，結果一個沈千茹惹事害到我就被幹掉了，一個丁駿對我有敵意，就剩個蘇盈還算正常人，但也怕我怕得要命，他們是和我八字不合嗎？

希望下次收的人別這麼麻煩，但想想上輩子的經歷，大大小小的團隊不管人多人少，紛爭總是接連不斷，而大哥的疆域肯定會比上輩子的團隊更加壯大，到時各式各樣的人都會有。

沈千茹和丁駿這類的都還是小事了，沈千茹不過是個笨女孩，出了個要命的錯誤，直接就要了她的命。

丁駿較能隱忍，但還是破綻百出，也就大哥因為根本沒在意過他，所以沒注意到他對我的敵意。

要是注意到了，以現在大哥對我的愧疚程度，丁駿只有死路一條，看來以後還是少跟他有交集，我可不想自家大哥一再出手殺一些蠢死的貨，這太掉身價了！

「書宇，回神。」

大哥拖著一根樹幹，滿臉不贊同，對於我不時發呆的舉動，顯然很是無奈。

我就是想得多了，有時太專心容易出神，從小養成的習慣，真是難改。「在家發個呆總可以吧？反正有大哥你在，難道還能讓我出事嗎？」

大哥臉色一變，怒斥：「胡說什麼，以後不准說什麼出事不出事！你和書君都會好好的！」

說錯話，我立刻擺足認錯的姿勢，乖乖的說：「當然，我們都會好好的，大哥你別理我的胡說八道，童言無忌！」雖然外表十八內心三十五，但說錯話的時候當然要裝三歲！

大哥放軟神色，揉了揉自家弟弟的頭，忍不住又唸道：「在我身旁，你儘管發呆，其他地方不行，你得好好記住這點，別習慣成自然，在哪裡都發呆，現在不是可以晃神的世界……」

我低頭聽著大哥碎唸，心裡也覺得自己確實是太過放鬆，上輩子若是這種心態，怎麼死的都不奇怪。

唸了好一陣子，大哥終於停了，他嘆道：「雖然我真希望能好好保護你們，讓你們不需要煩惱這種事——」

我抬起頭來打斷對方的話：「大哥，從小到大，我什麼時候是需要人保護的？」

「雖然是這樣沒錯，但……」大哥說完一句就愣住了，定睛看著我，反問：「從小到大？」

我微微一笑，宣告般的說：「大哥，我全都想起來了。」

大哥的雙眼都放光了。

我沒繼續賣關子，直接解釋清楚：「我打從娘胎裡就是關薇君投胎來的，只是被磁磚打到之後，想起上輩子的事情，卻忘記身為疆書宇的十八年人生。」

大哥笑了，點頭道：「果然是這麼回事，以後你就不用再煩惱這件事。」

我瞥了他一眼，說：「是呀，現在要煩惱的人換成你了。」

大哥的笑容一僵，我則一笑。

疆書宇不怕大哥，而我就是疆書宇。

真不知道自己之前在怕什麼，大哥是威武霸氣沒有錯，不過那只對外人而言，對我和書君可不是那麼回事，因為大哥長年不在家的關係，他一直對我們心有愧疚，對弟妹是能怎麼寵就怎麼來。

再加上，我似乎保留著一點關薇君的意識，不是真正的孩子，從小，媽就說我多智近乎妖，根本不需要大哥操心，他就更加寵得肆無忌憚了，反正也不怕寵壞，讓我說什麼就是什麼，而君君是我帶大的，當然也是二哥說什麼就是什麼了。

若不是大哥和小妹都這麼聽話，讓我成為家裡說一不二的人，否則真沒那麼容易在末日前一天花掉一百萬去屯物資，就是林伯都會出手阻止我吧，最不濟也會先去問過叔叔和嬸嬸，但他太習慣家裡是由二少爺發令，竟連去跟叔嬸報告一聲都忘了。

從小教育大哥小妹加叔嬸果然是對的。

想到林伯，我突然閃過一絲哀傷，以往林伯在家的時間比大哥和叔嬸還多，說沒感情那絕對是假的，沒想到末日一來就沒了，想到自己失憶時對他的防備，頓時愧疚滿滿。

林伯的兒子叫做林明杰，我都叫他杰哥，那也不是陌生人，雖然不像林伯那般如親人般熟悉，但總也比其他人要來得好多了，若他還活著的話，確實應該收進傭兵團。

「書宇，你沒事吧？在想什麼，看你又皺著眉，會混亂嗎？」大哥擔憂的問：「兩種截然不同的記憶會不會有問題？」

我想了一想，搖搖頭，倒是不覺得有什麼問題，感覺就像關薇君活到一半，跑去女扮男裝成疆書宇，只是偽裝得比較徹底，直接從嬰兒重新開始而已，但終究都是我。

頂多就是現在恢復記憶的我會更像個男人而已……大概，應該吧？

「真沒問題？」大哥帶著好奇的語氣問：「你現在比較喜歡男人還是女人？」

……這真是個好問題。

我張了張嘴，卻說不出答案，純粹是疆書宇的時候，自己肯定喜歡女生，不然就不會答應跟苗湘苓約會，還被磁磚砸了一腦袋，但是現在……

我掃向大哥的胸膛和腰腹，雖然天氣變冷了，但他穿得倒是不多，上身就是一件黑色短袖T恤，衣服是合身形的，顯得身形挺拔，肌肉紋理分明，寬肩厚胸窄腰大長腿，讓我覺得氣溫都回到夏天了。

至於女生嘛，我腦中突然閃過靳鳳那對渾圓飽滿的大胸，精實的小腰身，毫無一絲多餘肥肉，但也絕對不是紙片人，要是掀開衣服一定可以看見馬甲線吧！還有那束綁得高高的馬尾髮梢，總在小巧挺翹的臀上掃著掃著——等等，這已經不是性向的問題了，我根本就變成大色魔啦！

還色得男女不拘呢，踏媽滴，這實在太驚悚！我嚇得連忙把色到天邊去的思緒拉回來，從今天開始立志當正人君子！

「不知道。」僵著臉不去看大哥的胸肌，不看不看！我粗著聲音說：「現在最重要的是練功增強實力，才能在末世好好活下去，所以兩年內絕對不搞男女關係……男男更不行！」

大哥「哈」了一聲，笑著說：「放心吧，大哥會保護你們，談個戀愛沒什麼大問題。」

這個大哥要談戀愛，那個大哥不許早戀，你們到底是不是同一個人啊？

我遲疑了一下，還是沒說出冰皇的事情，實在是不知道要說得多深入，讓大哥知道另一個世界的自己曾經為了回家，拖著疆域的傭兵們一個個死到剩下百合，最後還遺棄她，甚至背棄全人類，這樣真的沒有問題嗎？

就算這些事情不是面前這個大哥做的，但若是我沒有恢復關薇君的記憶，沒在末世前一天把大哥叫回來，恐怕他就是另一個冰皇了，畢竟是同一個人，若是境遇相同，恐怕會做出一樣的選擇。

讓大哥知道他會做出那樣的事，總覺得不好，這樣他面對疆域成員的時候，可能免不了帶著愧疚之心，這會影響他的判斷力……

「書宇？」大哥不解的看著我，帶著憂慮的語氣問：「你在想什麼，表情這麼沉重？」

這種把心情掛臉上的毛病兩輩子都沒改，八成沒救了，我有點哀傷自己恐怕成不了影帝，轉移話題問：「沒事，我不小心想起林伯，唉，算了，逝者已矣，大哥，讓我看看你的異能吧。」

書君只說大哥殺沈千茹的方式很奇怪，但這年頭用來殺人還會被稱為很奇怪的能力，除了異能還是異能。

大哥微微一笑，撿起剛剛丟在地上的樹幹，往空中一拋，隨後一個揮手，整根樹幹化成飛灰，我瞪大眼，再低頭一看，地上卻連灰都沒有……哇操！

「還沒完。」

大哥懶洋洋地舉起雙手，雙掌心中間有些飛塵樣的東西漸漸旋轉聚集，先是組出一片不知名的東西，漸漸變大，這才看得出是一片樹皮，再來是枝條、枝幹……

最後，一根樹幹重新出現了。

哇……操……

第一章

王者疆書天，誕生中

「分解比重組要簡單得多，我揮手就可以讓樹幹消失，但是重組起來就得花費不少時間，而且很費勁，重組出這樣的樹幹差不多是一天的極限了，而且這還是因為樹幹組成比較簡單的關係，越複雜的東西越難重組。」

說到這，大哥有點不滿意的嘆道：「還得多練練。」

你乾脆練習如何揮揮手就毀滅世界算了！

不愧是本來會成為冰皇的人，這天分讓吾等凡人想撞冰磚自殺啊！我死去活來差點掛掉好幾次才練到二階，一看到大哥這能力，真心想跪下喊「吾皇萬歲萬歲萬萬歲」了。

「但分解也不是沒有限制，我用異物試過，死物比活物要容易分解得多，差距還相當大，不知道是什麼原因。」

我想了一想，說：「八成是異物體內的能量在阻止你分解他，我曾經聽過一個理論，所有異能終歸都是能量的運用而已，只在於每個人使用的方法不同，所以不管是哪種異能，都沒有一階可以打倒五階的事情。」

差一階就很難抗衡，但低階等的時候倒是還有機會，畢竟最開始的兩階用槍都能幹掉，頂多是火力問題而已，三階就不怎麼怕子彈了，砲彈還差不多，除非對方正好把能量耗得乾乾淨淨，那或許能用巴雷特轟掉。

一階滿地走，二階不如狗，三階是個人，四階開始當高手，多半是小聚集地首領，或者是大型聚集地首領手下的強者。

五階已是中大型聚集地的首領，六階都是一方霸主，七階就邁入頂級強者之列，據說，冰皇已邁入八階。

但我覺得事實可能不是如此，按照夏震谷總在隱藏實力的表現來看，那些強者或多或少應該都會隱藏實力，偷偷把實力降個階對外發表，這是很有可能的事情。

或許有更多強者邁入高階，只是躲著不現身，更可能有九、十階的存在都不奇怪。

想想現在，末世才接近六個月，我都邁入二階了，就算擁有上輩子的記憶，關鍵時期還有冰皇幫忙，但手中擁有的資源畢竟只比小老百姓多一點點，整個世界上，有錢有勢有手下如雷神斬展的傢伙可不少，難道真沒有人比我更強？我可不敢這麼說。

照這種走勢，頂階十二強者的數量看起來是太少了，冰皇也說過分子研究所手中肯定有許多強者，甚至可能有媲美頂階十二強者的存在……

「書宇。」大哥無奈的呼喚聲傳來。

我抬起頭來，關心的問：「大哥，其他人的異能練得怎麼樣了？」

大哥斟酌了一下，說：「不算差，但他們不習慣用異能戰鬥，增加的戰力並不多，就算平時讓他們純粹用異能對練，只要一來真的，他們就忘了異能，本能只會使用刀槍和拳腳功夫，沒辦法像你這樣把異能融入在戰鬥中。」

聞言，我陰沉著臉，說：「我們的子彈太多了！大哥，再這樣下去不行。」

「那你想怎麼做？」

我沉默了一陣，說：「不帶槍進蘭都。」

大哥冷靜的問：「可帶近身武器？」

「可。」我自己都還帶著槍和匕首呢。

「那就這麼辦了。」大哥倒是頗乾脆，完全不猶豫就答應了。

反而是我不安了，問道：「如果有傷亡的話，那怎麼辦？」

「我會先問過他們，不想去的可以不去。」大哥平靜的說：「照傭兵團的規矩來，以後實力若是跟不上就降到二隊，更差就繼續往下降。」

我愣了一下，突然想起來傭兵團確實是這個規矩，大哥的傭兵團算中型，也就分了五個隊伍，鄭叔在排序上只是四隊的，畢竟年紀也有一些了，但因為他算是軍醫，倒是不能完全用身手來算，就算是一、二隊也喜歡找他出任務。

百合是二隊，小殺的身手相當好，但資歷淺、經驗不夠豐富，排在三隊，不過印象中，大哥曾說過想升他到二隊。

一隊的人有曾雲茜，雖然她的身手和百合差不多，但狙擊能力實在高超，還有凱恩也在一隊，他的各方面實力都在水準之上，算是綜合型高手。

我想了一想，笑說：「他們若是實力跟得上，日後都得是團長了，那來的『隊』，大型聚集地都是用千人當單位計算的，大哥，你可不能再當區區的傭兵團處理了，至少也得當作一座三線都市來處理。」

「這樣嗎？那倒是有點麻煩。」

大哥皺緊眉頭，看著有些頭大，這也能理解，他能處理中型傭兵團還是我早早強迫他去作戰指揮學院，不然一些大型團隊才能接的任務，他肯定不能完成得這麼順利，但我可沒記得送他去學習如何當市長。

「可以讓叔叔和嬸嬸幫你處理，他們都是領著考古團隊的人，處理起團隊事務不會比你差，後勤方面更是只會比你更好。」

畢竟考古團常常一待就是幾個月，甚至以年在計算，後勤物資弄不好，只能捲舖蓋回家洗洗睡了。

大哥這才鬆開眉頭，還特地放鬆地吐出一口氣來。

我認真的說：「大哥，你要比現在更有威嚴，讓後來加入的人覺得你深不可測，只要有你在，誰都不敢翻出一點浪來！」

聞言，大哥先是笑了出來，又立刻收起笑臉，刻意肅著臉，掃了一眼過來，用淡淡的語氣說：「難道你認為我還不夠有威嚴？」

是夠霸氣了，但這還不夠，剛剛對弟弟滿臉堆笑的人是誰呀？

我沉下臉，放出冰能來，周圍氣溫立刻下降，隱隱有不少冰屑凝結飄浮，大哥猛地看過來，渾身肌肉繃緊，連瞳孔都縮小了。

展示夠了，我漸漸收回能量，大哥才放鬆下來，點頭道：「你倒是做得不錯，不如讓你來當這個深不可測的人。」

我苦笑了，指著臉蛋說：「大哥，我才十八呢，而且就這張臉，真得時時刻刻放出能量，才不會被人當柔弱無力美青年了。」

大哥不在意的說：「過兩年就老了。」

過兩年我才二十呢！老什麼老！對一個女人說「妳老了」，那可是深仇大恨，這輩子都別想化解了啊！

看見我的臉色，大哥笑了，改口說：「你總會長大的，行了吧？」

這話倒是讓我突然想起一些要解釋的事來，說：「大哥，結晶吃多了，身體會保持在巔峰狀態，所以末世的人看著都不是很老，越是強悍的人越是不老。」

大哥訝異地說：「還有這種功效？難道完全不會老死嗎？」

我搖頭說：「不知道，我只活到十年左右，而且吃的結晶數量不多，感覺還是有變老。」

雖然變化不多，但女人對這個可是很敏感的！

再看看冰皇吧，明明和大哥差了十歲，但他的臉與其說老了，不如說是整個人都滄桑了，五官卻是沒有變的。

大哥皺眉說：「難道你會一直保持十八歲的外貌嗎？君君才十五，這該怎麼辦？」

那多驚悚！難道有吃結晶的孩子們都不用長大了嗎！我連忙解釋：「我的身體應該還沒到巔峰狀態，至少會成長到巔峰期，我猜可能是二十五歲左右。」

至少夏震谷看著就差不多是二十五歲上下，完全沒變過，希望我沒猜錯，如果一直保持十八歲的外貌，想要氣勢這種東西，恐怕只能等下輩子了。

大哥不解的問：「二十五是不錯，那超過二十五歲的人難道會往回長？」

我點點頭，有些老人會變年輕是真的，記得有個老戰友在末世開始就有三十七、八歲左右，但十年過去，他不但沒變老，反而更年輕了，只是也沒有小到二十五歲，約莫三十出頭的模樣，絕對沒過三十五，如果他吃更多結晶，說不定真能回到二十五歲的樣貌。

即使結晶可以讓人重回顛峰時期，但末世仍舊有許多外貌顯老的人，因為環境太過艱困，許多人在生死線上掙扎，又瘦又乾癟，皮膚就和乾樹皮一樣，看起來簡直像人瑞了。

大哥突然笑開來，說：「等叔叔吃多結晶變年輕，到時『大哥』可能要換他做了。」

這倒是真的，疆家人的特徵還蠻明顯的，到時看起來搞不好真的像四兄弟妹……但這不重要啦！

我碎碎唸道：「大哥你笑得這麼開心，氣勢都沒了！你要記住，時時刻刻都得保持威嚴，只要有旁人在，你就不能笑得一臉諂媚，最好還時時刻刻外放一些能量，反正這也算是在練習異能，還有衣服得注意一下，這次進城要找一些好衣服來改造，我會點針線，到時幫你弄一套首領服，俗話說得好，佛要金裝人要衣裝……」

還好上輩子在末世活了十年，針線不撿起來學都不行，哪樣東西不用自己動手改改，林林總總點亮不少生活技能——關薇君，生活小幫手等級九十九！

大哥無奈地摸著臉說：「我都不知道自己可以笑得很諂媚。」

「進城的時候，我去找台拍立得拍給你看。」

「……免了，我信就是了。」大哥皺眉道：「以後我都不能笑了？這倒是也挺麻煩。」

「當然能笑，但要笑得有高手風範！」我看看周圍，開放式庭院不是教學的好地方，只好說：「我們到三樓再練練吧，必須快點把你的高貴冷傲練出來，才方便進城收人。」

「練異能不夠，還得練演技了。」大哥笑了一聲，卻沒有反對，說：「進城的事情要先緩緩，把這裡的防禦工事先建起來，我們才能安心進城去。」

確實是，否則受到攻擊就糟糕了，這裡可是大都市旁邊，不容輕忽，但一想到要分組行動，我就覺得頭大，現在疆域的人太少了，少到根本沒法分成兩批，還能讓兩邊保存一定戰力。

「鄭行的土能力頗有用處，我打算把圍牆增高築厚，上放鐵絲網。」

我立刻說：「要通電。」

大哥想了一想，說：「那得搜刮更多發電機，小鎮有發電機，數量是不少，但各處都要用，可能還是不夠，之後進蘭都再找找看。」

我左思右想，硬著頭皮提議：「大哥，如果我想輪流帶一個人跟我進蘭都去，你覺得可以嗎？」

越說越是心驚膽戰，大哥的臉色都變了啊！

大哥沉默許久，臉上的神色難看得我都不忍再堅持下去。「算了，我只是說說而已……」

「好。」大哥一口應下，卻忍不住補充說：「但是你要跟我保證不出事。」

我張了張嘴，卻不願騙自家大哥，只能老實交代：「大哥你要知道，這世道根本沒辦法保證什麼，我不想騙你。」

聞言，大哥一僵，隨後自嘲的說：「是呀，你明明待在家都能被抓走，進城搞不好都不會更危險。」

這個……純粹是疆家人太衰而已，一般來說，待在家的出事率應該遠比進城低上許多，誰知道我在中官市走了半圈都沒事，偏偏是待在家的時候被鳥撲上來，除了衰，還有什麼好說的呢！

「更何況，你之前就能自己一路尋回來。」大哥嘆道：「想不到是大哥的覺悟不夠高，婆婆媽媽得不像個男人。」

我忍不住辯解：「大哥，我可是活了兩輩子的人，加起來都有五十好幾啦，上輩子還在末世過了十年，可你今年才二十七呢！」

聞言，大哥笑道：「那是不是要反過來換我叫你大哥？」

「免了，你敢叫，我還不敢應。」

大哥低低的笑，滿眼的笑意都要溢出來了，看起來非常高興，我安全回來又恢復記憶，這些事情讓他看起來甚至比末日前還快活，但是這樣不行！

「不准在外面這麼笑，剛剛說的威嚴都丟哪去了？」

大哥立刻收起笑容，臉上沒有特別的神色，只是淡淡瞥了一眼過來，霸氣四溢，讓人看得膝蓋發軟，跪拜的心都有了！

幸好我已經看了十八年，膝蓋硬得很，只是點頭說：「就是這樣，好好保持。」

大哥略顯無奈的說：「一直維持這個樣子也頗累人。」

「反正以後大哥你就是王，不需要常常出來見人，私底下就不用這麼嚴肅。」

如果老是看見冰皇在路邊逛街，這未免太掉價了，當然要神龍見首不見尾，總之，千萬不能讓外人看見我家大哥天兵的那一面！

大哥更無奈的說：「什麼王，現在可不是古代。」

我認真的說：「不，以後就是那種時代，大哥你將會是王。」

大哥一個揚眉，「又是聚集地又是王，書宇你希望我成王稱霸嗎？」

不是我希望不希望，而是你本來就會成王，我只是想做好萬全的準備，讓這條路走起來輕鬆點罷了。

我遲疑了一下，還是決定把事情說個清楚。「大哥，你還記得我說過頂階十二強者嗎？我想起更多細節來，想跟你說說。」

大哥看起來不怎麼在意的反問：「可以告訴其他人嗎？」

「嗯，可以。」我想想這也對，講一次總比以後要解釋很多次要好多了。「我去召集大家。」

人少就是有這個好處，隨便找找就齊了，可惜三樓會議室還沒改建完成，只能在一樓飯廳集合，感覺像是要吃飯似的，大夥還不時伸手拿桌上的花生和瓜子來嗑，什麼嚴肅氣氛都沒了啦！將會議室弄好絕對是第一要務！

「今天為什麼開會？」眾人邊嗑瓜子邊好奇的問，看得我真想把那盤瓜子連同盤子通通塞進他們嘴裡。

大哥朝我擺了擺手，眾人理所當然的看過來，完全不覺得一夥資深傭兵看著十八歲少年，等著對方開口說話，這景象有多麼違和。

大家的神色頗讓人滿意，雖然失憶狀態讓我做了很多錯誤的選擇，幸好還是有挽救回來，團員們看著還算信服我。

「我想起來，人類頂階強者是哪三個了。」雖然是斬小月提醒的，不過光想到要怎麼解釋斬小月是怎麼知道，我就覺得頭很大，還是略過不計吧。

眾人皆是雙眼一亮，顯然頗有興致，不愧是幹傭兵維生的人，頂階強者對他們來說，吸引力十足，沒人像我上輩子那麼混，連強者的名字都記不住。

「首先是火王狄貝特。」我看著眾人，問道：「你們聽過狄貝特這人嗎？他是個外國人，職業似乎是軍人。」

凱恩立刻瞪圓眼，高呼：「那還用說，肯定是鷹國的兵王，海瑞・狄貝特！」

這坑人的平行世界，只有地名改變的意義到底是什麼啊！我扶著額覺得頭很大，但又想想這也不重要，反正不管什麼國，現在就剩一國叫做「人類」。

我仔細問道：「狄貝特是姓氏？」

百合點了點頭，說：「國外向來稱呼姓氏，只有親近的人才會直呼名字。」

我想了一想，雖然是姓不是名，不過國外都是姓氏特別，名字倒是一大堆同名，況且，兵王狄貝特成了火王狄貝特，聽起來很合邏輯，看來應該是這個人沒錯。

「真不愧是兵王啊。」

眾人讚嘆，似乎所有人都知道狄貝特，甚至認為兵王等於火王是完全不出人意料的事情，看來這位狄貝特先生果真威上天了，成王稱霸完全不是奇怪的事情。

「既然火王狄貝特遠在鷹國，就先不用管他了，反正根本接觸不到。」

雖然眾人都點了點頭，卻忍不住交頭接耳地說著兵王的種種誇張事蹟，聽起來跟神話沒兩樣，就差沒一拳打爆地球。

我忍不住對他們翻了個大白眼，要是這位兵王兼火王先生真有那麼威，人類還能混得差點絕種？

「好了，別再膜拜火王了，再來是更重要的梅洲頂階強者，聽不聽？」

眾人立刻齊齊地看過來，眼睛放光耳朵豎直，我也不賣關子，反正後面還有更驚悚的，不用現在就嚇人。

「雷神斬展。」

眾人一怔，有些反應不過來。

最後，雲茜表情古怪的說：「你說的斬展，該不是我想的那一個吧？」

我點頭道：「就是那一個。」

凱恩目瞪口呆的說：「真是知人知面不知心啊！」

我怒道：「這句成語不是這樣用的啦！這個時候應該要說『人不可貌相』才

對。」

「人不可貌相也不太對。」百合笑道：「斬展的外表還是蠻威風的喔，畢竟他的年紀也不大，正好和老大一樣年齡，如果沒有點威嚴也鎮不住人。」

喔，這樣嗎？說得也是，斬鳳長得這麼威，她家大哥的外表應該也不差。

「斬展嗎？」大哥沉吟道：「我們是有一點交情，但他人在中官市，離得遠了，而且，我想你應該沒有意思要去投靠他？」

「當然不去！現在來公佈最後一個頂階強者，冰皇……」

我看向眾人，他們都不是很在意，甚至還在討論兵王和斬展，我心裡突然有種惡趣味，故意拉長語調公佈答案。

「疆書天。」

眾人一怔，隨後一個個眼睛瞪大，扭頭看向自家團長，眼睛又大了一倍，滿臉都是難以置信的表情。

「但我沒有冰能力。」大哥冷靜的說。

我有點尷尬的承認：「我夢中看見你應該是留在冰州，可是我把你叫回梅洲，這點好像影響到你的能力了。」

大哥點了點頭，大概看我面有愧疚，他說道：「幸好換成你有冰能力，也不吃虧。」

雖然知道大哥是想安慰我，但這話反倒像一把劍直直捅進心裡，感覺好像是我搶走大哥的能力似的，都不如不安慰。

幸好，大哥的能力看起來不單單是治療，或者「治療」這能力的真相原本就不是那麼單純，我也不太懂，只是覺得以後或許該用更開闊的眼光來看待「異能」這回事了。

或許以往聽說，所有能力殊途同歸，都是能量的運用而已，這個理論還真是有很大的可能性？

「書宇。」

我回過神來，看向大哥，又半路恍神什麼的都不用再提了，反正大家都習慣我老是在神遊。

「所以你這麼想建立聚集地，不是要我成王，而是知道我會成王？」大哥認真的說：「但書宇你要想想，我已經沒有冰能力，絕對成不了冰皇，那我不一定會邁入頂階十二強者的行列。」

那你就不要把樹枝化成灰再重組起來給我看啊！揣著大殺器說自己是個弱雞，就連書君都不會被你騙到啊！

「大家覺得呢？」我冷靜地看向其他人，問：「你們覺得自家團長會因為換個能力就成路人甲了嗎？」

眾人整齊劃一地用力搖頭，我瞥向大哥，對方一個挑眉，不再反駁了。

「所以吧，還是為了成王做好準備，先把這個基地建好，然後慢慢進攻蘭都。」

我看向眾人，這少少的數量真讓人有點哀傷，連張長桌都坐不滿，真的必須要收人了，否則要用什麼東西進攻蘭都？我們根本就沒人啊！別說軍隊，一支小分隊都湊不出來，就算人人都有冰皇之能，真把蘭都攻下來了，是要一個人發五十條馬路和一千幢大樓嗎？

「但是我不想浪費這段時間，想要輪流帶人跟我進蘭都去練練手。」

眾人一怔，反射性就看向大哥，後者一個點頭，所有人都興奮地看向我，完全是躍躍欲試的模樣。

「我只有一個要求，那就是不能帶槍，最多只能帶刀。」我平靜的說：「還有前提要先說明清楚，那就是進城後生死自負，我可不負責任的。」

眾傭兵眉頭一挑，看起來沒有絲毫的畏懼，看起來根本沒人想放棄，這狀況有好處也有壞處。

好在疆域眾人不愧是傭兵，沒像一般人那樣嚇破膽，當然也比一般人有用和強悍；壞就壞在末世以來，我們一行人太過順遂，什麼絕命逃亡、缺食物缺水或餐風露宿的狀況通通都沒有，末世的威力，說實在的，我們這夥人搞不好只有我的覺悟最高。

不過這也不打緊，帶進蘭都冒個險，保證什麼覺悟都有了，比口頭上的威嚇要有用多了。

看著沒有人有放棄的意思，我也就不多威嚇了，反正帶進去再說。

「我一次只有辦法帶一個人，所以抽籤決定順序。」

我拿出預先做好的竹筷籤，一整把放在筆筒裡，環顧眾人一圈，連叔叔嬸嬸都在，只有丁駿和蘇盈不在而已。

君君突然問：「我也可以抽籤嗎？」

我點了點頭，「嗯。」

君君的雙眼都放光了，我對自家妹子的戰鬥精神感到十分滿意，但大哥的神色卻有些沉了下去，讓君君有點惶然不安，遲疑了一陣子，卻還是倔強地不願說不去。

「抽籤吧。」我轉移話題，反正大哥本來就允了，只是免不了擔心，所以臉色不好看而已。

大夥各自抽出籤來，凱恩還找小殺比先後順序，晚出去的人今天要去廚房洗碗，除了他們兩個，其他人看見數字倒也沒有太過欣喜或者失望，反正只是個順序，總是能跟出去的。

這時，書君突然倒吸了一口氣，吸引所有人的目光後，她抬起頭來，怯生生地看了大哥一眼。

「君君？」我不解的問：「怎麼了？」莫非抽到大凶？不對啊，籤上明明只有一二三。

君君攤出籤來，上頭的數字赫然是一，這比大凶還可怕，大哥的臉色立刻變了，難看到讓眾人都鴉雀無聲，沒有人敢喘口氣。

我有些不知該怎麼辦才是，一開始就讓弟弟妹妹雙雙進蘭都的話，大哥能放心才怪，但是若不讓書君去……

一隻手抓走君君的籤，還塞來另一支，君君眨了眨眼，有點反應不過來，低頭一看，手上的籤已經從一換成倒數第一。

「沒規定不能換籤吧？」小殺輕鬆地上下拋著那支一號籤。

見狀，大哥的臉色總算緩和了一些，但眉頭仍舊皺緊，就算籤號延後，總是會輪到君君，但還是比開頭就是弟妹一同進城好些。

「等等！」凱恩叫囂起來，「這不算數——」

大哥一個凌厲的眼刀就讓凱恩立刻萎了，他咕噥的說：「我、我是說我沒輸給小殺，不想洗碗……」

「你洗碗！」大哥不容否決的下令。

凱恩望著手上的二號籤，一臉的欲哭無淚。

第二章

得不到回應的呼喚

去蘭都的日期暫定於三天後出發，雖然越早出發越好，不過我剛回到家，實在很想和大哥小妹多聚聚，更何況，我還沒搞懂兩手臂上的「刺青」到底是怎麼回事，進城前總要先弄清楚，否則連武器都沒得用。

想到一開始回家的時候，被大哥誤會這是被人強迫刺上的刺青，我就覺得一陣頭疼，還是把這個叫做「冰紋」吧，反正我還真沒見過銀藍色的刺青，這顏色美歸美，但總感覺刺這種顏色會金屬中毒什麼的。

面對房間裡的全身落地鏡，為了觀察完整冰紋，我只能把衣服的袖子都拆掉，變成無袖裝，但天氣涼了，穿這樣進城太顯眼，恐怕得加件外套做偽裝，就不知道遮掩住冰紋這點對呼喚長槍和匕首有沒有影響，這必須搞清楚才行。

右手上的冰紋幾乎蔓延整條手臂，從小指尖一路到上臂，幸好紋路並不密集，也就少少幾束線條，而且銀藍顏色也淺，看著不算太誇張，否則我這張嫩臉配上刺龍刺鳳，違和感八成都得破表。

左手上的冰紋則小多了，細細的，只繞著手腕一圈，如果這是真的刺青，我想自己也可以接受刺上這樣的圖形，看著還挺漂亮的。

我猜，右手代表長槍，左手則是匕首，因為武器的大小有差距，所以冰紋的大小才會差這麼多。

為了驗證這點，我立刻喊：「長槍，出來。」

等了十幾秒，卻什麼都沒有等到，我呆愣愣地看著右手臂，難道搞錯了，其實長槍是在左手？怎麼印象中之前確實是右手……

狐疑地看向左手，又喊了一次，還是半點反應都沒有，這到底怎麼回事？長槍不行，那匕首呢？

我連忙呼喚匕首，左手腕的銀藍冰紋發出微光，手上突然有陣冰涼的感覺，彷彿摸到冰塊似的感覺，低頭一看，手上凝結出淡淡的冰片，隱約就是匕首的形狀，成功了！

一陣欣喜閃過去，我立刻握住還不成形的匕首，卻一把將其握碎，落了滿地的冰屑，又瞬間融化，最後連一丁點痕跡都沒有留下，甚至連冰紋的光芒都消失無蹤。

我嚇得腦袋一陣空白，以為自己就這麼把匕首給捏爆掉，過了十幾秒才反應過來，要是自己能一把捏爆冰皇化出的匕首，那還需要匕首嗎！

再次蓄能，沒有再喊「匕首」二字，因為突然發覺呼喊武器還挺蠢的……這又不是需要唸咒語的魔法，剛剛到底為什麼會覺得要喊出口呢？

要是和異物戰鬥前還得大喊「我的××○○武器出來吧」，這不是提醒敵人快趁機幹掉你嗎？

果然沒錯，就算沒叫，冰紋仍舊發出光，漸漸凝結匕首形狀。

這一次，我等了一段時間，看它的形狀凝結得厚實一點後，才出手小心翼翼地輕握住，總算沒有碎裂，捏了一捏，這次是堅硬的了，但真是薄如蟬翼，差點感覺不到它的存在，與當初的護心冰片差不多，但這不對啊，之前看過的冰匕首可是一把厚實匕首，根本不是冰片。

到底出了什麼錯？難道我還不夠格用完整匕首，所以長槍連出來都不肯出來？這該怎麼辦？三天後要進蘭都，這時間根本來不及弄出趁手的武器，難道要拿這冰片去戰鬥？雖然鋒利度和堅硬度都有，我的護心冰片雖薄卻比自製長槍還堅硬，冰皇的匕首就算只是塊冰片，肯定也比我弄出的護心冰片要威很多。

但事情總有萬一，如果這次弄碎後再也拼不起來呢？這可是冰皇留下來的武器，他就剩下這點東西留存下來……

還是再繼續試試，別這樣就拿出去用吧！

「書宇。」

外頭傳來敲門聲以及大哥的叫喚，我立刻收回冰片去開門。

大哥略不滿的說：「你整天悶在房間做什麼？跟我去看基地的設計圖，還要跟你說說叔叔的能力。」

我立刻雙眼發亮，「叔叔的能力找出來了？」

大哥含笑點頭。

太好啦！疆家人全體異能都出來了，就不知道是什麼樣的能力？在有我這個作弊器的情況之下，居然還拖到現在才找出叔叔的異能，肯定是很獨特的能力吧？我瞥向大哥，但他笑笑不說話，居然還賣起關子來。

「走，找叔叔去。」我懶得理會最近越來越幼稚化的大哥，扭頭就走出房間。

大哥搖頭說：「我開始懷念你失憶的時候了。」

「懷念我會怕你？」我不滿的回頭瞪大哥。

「胡說什麼，是懷念我對你還有點約束力，至少可以讓你亂跑之前，還有些顧慮。」

「顧慮完還不是照樣亂跑，如果沒被鳥抓走，我本想離家出走十天半個月進中官市去的。」

就算腦子只有關薇君沒有疆書宇的記憶，我也是滿腦子想著要進城磨練，心裡怕大哥，但行為完全沒有比較乖，疆書宇至少都還會報備再走呢！關薇君直接打算離家出走，嘴巴說怕，身體倒是挺大膽的。

大哥無言地看著我，眉頭皺得可以夾死蒼蠅，但我可不會因此放棄，進城勢在必行，疆書宇打小就養妹管家，從來就不是被人保護的料，加上關薇君從前輩子悔恨到這輩子的痛，這一次，我一定要強勢強大強迫所有人聽話！

呃，最後一個強字有待商榷，突然發現自己的思考歪得有點嚴重，再這麼下去都要成暴君了，乖乖拉回來當我的柔弱美青年，暴君什麼的還是比較適合大哥。

但這時，大哥眉頭深鎖，就算當暴君也是個憂鬱的暴君，我只能再次勸慰：「大哥，我只會先在蘭都外圍探探，你不用太擔心，我在末世活了十年，很清楚怎麼好好活下去。」

大哥看著我，認真的問：「答應我，活命優先，好嗎？」

我點頭了，這是當然的，沒命就什麼都沒了……呃，前提是不再穿越，但就算奇蹟出現又穿一次，上次是關薇君，這次是疆書宇，下次呢？

下次就算能穿火王或雷神，也通通不換，我死都要賴在疆家不走！

得到肯定的答覆後，大哥總算不當憂鬱暴君，拍拍我的肩，說：「走，去看看基地的規劃，你的經驗多，有什麼要改的就提出來。」

我點點頭，跟著大哥來到飯廳，又有種開飯的感覺，忍不住說：「大哥，還是快點把會議室弄好吧，吃飯開會都在這裡，簡直一點開會的嚴肅感覺都沒有。」

大哥眉頭一挑，「外圍防禦工事和會議室，哪邊重要？」

「……外圍防禦工事。」

好吧，大家最近還是快快樂樂吃飯兼開會好了，反正現在也沒啥外人，不會破壞形象。

飯廳，鄭行、叔叔、曾雲茜和百合已經在等著了，長桌上還鋪著一張設計圖。

「書宇，你過來看看。」叔叔興致高昂地朝我招手。

雖然叔叔不是蓋房子的，卻是考古專業，專門在挖房子，對建築也有一定了解，而鄭行是土異能，剛開始只能翻土種菜，現在不知進步到什麼地步了？而雲茜和百合又是做什麼的呢？

想了一想，雲茜擅長開鎖和陷阱等等，大哥每次收人都會跟我唸唸那些人有什麼專長，但人收得多了，我也懶得記清楚，只有個大概印象。

曾雲茜擅長狙擊開鎖和陷阱；小殺潛行功力一流；鄭行是軍醫；凱恩身手好；百合……我想來想去，還是不記得百合有什麼特殊能力。

百合似乎看出我的疑惑，她笑著說：「我負責後勤有段時間了，雖然不是總負責人，但似乎你們也沒別的選擇了，老大讓我負責物資這塊。」

我隨口道：「就算有別人，也還是要選百合妳啊！」

百合嫵媚的笑說：「還真會說話。」

這可是實話，雖然跟著大哥回來的人不全是最強的那些，卻是一些大哥說東他們絕不會往西的團員，末世中，沒有比他們更好的團隊成員，用誰都不換！

我低頭朝設計圖一看，這圖大得鋪了半張桌子，圖上幾乎把半個懷古小鎮都囊括進來了，以這幢別墅為重點區域，別墅已經有石砌圍牆，這張設計圖把圍牆加高加寬，完全是城堡外牆規模，居然還能站人，外牆面更有我說的電線，還有各種巨大尖刺外加密密麻麻的玻璃小刺，總之若想謀殺的話，只要把人朝這牆一推，對方就會破很多個洞。

原本的鐘樓仍舊被保留下來，只是被各種加強，完全是座哨塔，還是敲不壞攻不破的那種。

最誇張的是，圍牆外居然有護城河！

當然，區區的護城水對異物是沒多大功效，但我是冰屬性，曾雲茜是水屬性，一條護城河對我倆來說可是大有幫助。

看完護城河，接下來的內外圍住宅區，滿地陷阱和最外側的鐵絲網牆都不算什麼了——不，還是有什麼，我居然看見沿途有好多個大小碉堡，連忙再仔細一看，這才發現街道圖分成上下兩層，下層居然是地道！這設計圖不只是碉堡，根本是屌爆啦！

「怎麼樣？還可以嗎？」鄭行和叔叔都緊張地看著我。

「當然可以！只是這真的蓋得出來嗎？」

我很懷疑，怎麼看都覺得這是個大工程，簡直是末世後期的基地規模，但那些都是大家的異能強起來後，才漸漸蓋起來的，現在除非找來末世前的工程隊和大型機具，不然恐怕很難蓋得起來吧？

大哥解釋道：「需要時間和人手，分階段一步步進行，主要是依靠鄭行和叔叔，其他人的異能也有些幫助，像是凱恩的火和雲茜的水。」

「叔叔？」我立刻扭頭看自家叔叔，好奇到底是什麼異能可以幫忙建造基地。

叔叔有些不好意思的笑說：「書天讓我想想以前考古的時候，看過的那些城堡構造，結果仔細一想才發現不對勁，我居然每個細節都記得清清楚楚，連那些只有瞄過幾眼的現代軍事結構也記得很清楚，完全可以直接畫出來，所以才發現我的異能應該是記憶吧？」

記憶？這能力還真是不好說，若擺在上輩子，絕對是第一個被拋棄的傢伙，但這能力配上叔叔是考古學家，他和嬸嬸又喜歡閱讀，看的書之廣，連什麼蕈類大全、自殺手冊都會在他們書櫃中出現，對一個要長期發展的基地來說，倒真是有點幫助。

上輩子，因為沒有農業知識，我只能靠著幾本撿來的書，連園藝類書籍都當成寶貝來研究，不知道走了多少歪路，才好不容易種出可以吃又能穩定種植，重點是還不會反過來吃人的作物。

途中，夏震谷又非常不耐煩，一直認定搶劫比種植來得快多了，若不是幾個老成員苦勸食物會越來越少，罐頭餅乾的保存期限也超過許久了，搶劫不是個長久的辦法，他還不肯讓我弄個溫室。

回過神來，叔叔略帶緊張的看著我，我連忙說：「叔叔，那你多多回想各種知識，有空就寫下來，除了蓋基地，還有種植和養殖的方法，接下來，我們也得想辦法種點東西。」

叔叔立刻精神一振，連連回答沒問題，神色十分高興，看來雖然他表現得不怎麼在乎有沒有異能，但還是很希望能夠找出異能幫上忙吧。

這提醒了我，最近與其出去找食物，還不如多帶點書和種子回來，末世初期的食物不難找，倒是這些東西沒了就沒了。

「對了，加個圖書室……」說到一半，我低頭看著基地的規模，改口說：「加個圖書樓吧。」

叔叔雙眼發亮，高呼：「是，是該加！書天、書宇，現在整個世界變成這副模樣，許多知識肯定會斷絕，既然我們行有餘力，就有責任把人類的知識和文化盡可以保留下來，將來可以傳承給後代！」

傳承嗎？這名詞聽起來真偉大，但我其實只是知道很多知識都出乎意料的有用，當初在種植和養殖的時候，我不只一次悔恨以前經過書局沒多挖點書，後來許多地方都被破壞掉了，書籍那種東西，更是冬天燒火的好材料，保留下來的極少。

我想了一想，說：「嗯，先簡單找個樓房放圖書，蘭都是一線大都市，裡面肯定有國家級圖書館，以後可以過去占領下來，整理整理就能用了。」

聞言，叔叔整個人都快發光了，「是、是，圖書館的書比書局要齊全多了。」

見叔叔這麼高興，我也就閉嘴不提醒他，冬天一到，圖書館裡面到底能剩下多少書呢？還是得先到書局收集一下，以免到時圖書館就剩下館，根本沒有圖書了。

大哥突然嚴厲的說：「書宇，我不准你現在去那個國家級圖書館！」

我一怔，無奈的說：「大哥，你真當我有那麼魯莽了？從小到大，家裡最愛往危險地方衝的人都是你和叔叔嬸嬸吧？我和君君從來就是好好待在家的乖寶寶呢。」

叔叔抬頭望天，發現只有天花板，又低頭假裝看設計圖。

鄭行哈哈大笑，百合則還給自家老大一點面子，只是掩嘴悶笑。

「……你最近魯莽了。」大哥略帶尷尬，卻仍舊不依不饒。

我想了一想，說：「大概是上輩子完全不魯莽，讓我到死都在悔恨吧。」

這話一出，所有人都直勾勾的看著我，大哥倒還知道所有內情，但其他人並沒有那麼清楚，以前，闕薇君怕被人知道這件事，現在我可是不折不扣的疆書宇，讓人知道重生又如何？哼，有種就來挑釁我，疆家所有成員一起碾死你！

「大哥，你擔心我不如擔心自己，現在疆域所有人中，最有希望活到最後的人，一定是我！」

這話說得豪氣萬千，但我實在不耐煩再看見大哥現在患得患失的模樣，在我被鳥抓走前，他還能要我獨身去應對十幾隻異物呢，結果現在像個護崽的老媽子，捨不得讓孩子受到一丁點傷害，說好的霸氣大哥呢！

聽了這話，大哥反而露出欣慰的表情，點頭說：「記得帶著書君一起，那我就真的放心了。」

我理所當然的說：「當然，我沒倒下前，君君一點事都不會有！」

其實我也是護崽的老媽子，真沒資格說別人，如果被鳥抓走的人是君君——不能想像！光想想就覺得自己要瘋了，好吧，我有點理解大哥最近的神經質舉動了，還是多多包容他吧。

「說什麼倒下！」大哥怒道：「我沒倒下前，你們都不會有事！」

說得跟骨牌似的，大家一個接一個倒是吧？

「大哥，其實你們待在這裡，反而要更小心，這麼多人又在作工程，目標和動靜太大了，不管是異物或者倖存者都有可能找上門來，所以答應我，你會保護好君君。」

其實這是白說的，大哥怎麼可能不護著君君，恐怕只有踩過他的屍體才有可能傷到君君，但我得轉移一下目標，免得他總擔憂著我的安危，反而會忽略基地的狀況，我可不想回來的時候發現家裡出狀況了。

大哥一口應下：「我保護君君，你保護好自己。」

「一言為定！」

雖然很想知道大家的異能進度如何，但時間只有三天，實在太緊迫了，更何況，接下來還要一個個帶人進城，不需要急在一時，所以我幾乎都躲在房間研究長槍和匕首。

試了整整三天，我望著手上的冰匕首，形狀已經頗完整，雖然還是不如當初看見的那麼威風，但起碼像是一把刀，而不是一片冰，厚度大概有兩公釐……吧？算了，還是不要自欺欺人，這有一點五公釐就不錯了。

匕首的刀柄太細實在不好握，我只好用自己的冰晶去加厚它，然後提心吊膽地把匕首拿去切各式各樣的東西。

刀鋒非常銳利，幾乎切遍屋內外無敵手，唯有在碰到異能的能量時，會變得比較難切，但當我同樣把自己的異能籠罩在匕首上，問題就迎刃而解了，但這時就變成能量的比拚，匕首的鋒利度雖有影響也不是關鍵。

過程中，匕首沒斷也沒碎，我心狠一狠，拿去切石頭，有阻礙卻還是能切下去，只是隨著深度而越來越難以移動，最後整把刀沒入石中，我花了好大的力氣才拔出來，中途嚇得差點想去拿電鋸把石頭鋸開，免得傷到冰匕。

但拿電鋸救匕首未免太蠢，而且還會被大哥詢問發生什麼事，這若是一解釋下來，恐怕就不用去蘭都了，大哥若是知道我喚不出長槍還想照常進城，鐵定把我禁足到異物滅絕為止，所以我也只能忍著心慌硬拔出來。

冰匕仍舊毫髮無損，連道刮痕都沒有，我總算鬆了口氣，看來是真的可以拿出去用，但長槍還是一點動靜都沒有，真不知該怎麼辦，雖然已經先弄出一把代替品，但看過冰皇槍後，自己弄出來的武器簡直是在污辱長槍這個名詞！

看著擺在一旁的長槍，因為升上二階的關係，弄出這代替品倒是沒有很難，而且我還不是用掃把棍當基底，而是用鐵欄杆，還是雕花復古造型，整個形象簡直高上不只一層次，只是離冰皇槍大概還有九十九層那麼遠，這一層都可以忽略不計了。

雖然只弄了三天工夫，但比起一開始花大力氣弄出來的那把槍，也有個七、八成堅硬，末世初期用用倒是……呃，我又忘了算上疆家人的運氣，但不管如何，今天我一定要進蘭都！

收回匕首，抓起長槍，拔出種在牆角的疆小容塞進胸口，再揹上靳鳳當初給我準備的大背包和銀酒壺，萬事俱備，出發！

一拉開房門。

「要走了嗎？」小殺抬起頭來，雙眼放光，手上還抓著根掃把。

是要出發了沒錯，但你有必要急到在門口堵我嗎？全副武裝，卻抓著一根掃把在掃地，還沒有準備畚箕，你到底想把灰塵掃去哪？吞下去嗎？

「你準備好了？沒帶槍吧？」我有點不放心這夥傭兵，聽大哥說，他們在找我的途中，也沒遇上大麻煩，沒有遭遇過太強悍的異物，這也讓人擔憂他們對末世的危險認識不夠，覺悟恐怕還不夠高。

這讓我開始思考到底是疆家人全都比較衰，還是只有自己呢……這問題太傷人，我決定放棄思考，獨衰衰不如眾衰衰，反正家人生死與共，衰運也是要分享的！

小殺像暴露狂般直接左右拉開外套，緊身T恤和褲子都綁滿皮件，腰帶、胸帶、背帶，不管什麼帶，上頭通通掛滿飛刀、匕首、手裡鏢，還有一堆我看不懂的金屬製品，但看起來通通充滿殺傷力。

這覺悟真夠強的，我不該擔心這夥傭兵，他們就一整個人形凶器，槍只是其中一個點綴而已，有沒有都無所謂。

「你也不嫌重嗎？」我有點無言，提醒：「不要影響到速度，絕大部分時間，我們都要避開異物，而不是和他們槓上。」

小殺搖頭說：「不怎麼重，以前出任務扛的槍更重，而且吃結晶以後，力量大了很多，這點重量更不算什麼。」

這倒也是，槍畢竟比暗器厚實多了，一兩把大槍不比一身刀子輕，再想想疆域是一夥傭兵，體能和經驗絕對不是一般人能比的，他們應該不至於會出這種關鍵錯誤。

「走吧，先去和我大哥說一聲。」我深呼吸一口氣，大哥的臉色肯定很難看，這兩天來，他簡直比書君還黏人，都不像那個整年不在家的大哥，看來我被鳥抓走的事情還真是把他嚇壞了。

小殺躊躇的說：「老大在大廳，他從吃完早餐就坐在那裡……」

「……走吧。」

我硬著頭皮，領著小殺走到客廳去，結果不只大哥，連君君也在那裡，桌上還擺著各式各樣的食物，牛肉乾、餅乾、飲料和巧克力等等，推得滿滿一桌都是。

雖然我讓書君準備一點食物飲水，以免剛開始找不到食物，但這小山般的食物堆是怎麼回事，難道我是要進城擺小吃攤嗎？

「大哥，君君……」

「你要走了？現在還不到中午。」話都沒說完，大哥就皺眉打斷：「吃過晚餐再走。」

等等，這個時候不是該說吃過午餐嗎？晚餐是怎麼回事？

「大哥，晚上可不是和異物打交道的好時間，我進城後還得在落日前找到安全的落腳處，晚上盡量不行動，所以不能太晚進城。」

雖然異物在晚上也不見得會比較強，但人類本身有向光性，夜晚的視力和警戒心總的來說是比不上異物，除非強到無視各種優弱勢，否則最好別在夜間行動。

大哥帶著不甘的神色同意：「你說得對。」

君君嘟著嘴的問：「真的不可以吃完午飯再走嗎？差不多煮好了呢。」

本想回一句「不用了」，但是君君一臉的期盼，大哥一臉黑，我也只好說：「好，我先收收桌上這些東西，妳去上菜吧，有什麼就吃什麼，也不用多煮了。」

君君立刻點頭，那腳步雀躍得讓我覺得等下可能會飽到只能散步進城，不過散步就散步吧，如果能讓大哥小妹都安心下來，浪費一天還是有賺。

我收拾著桌上那堆食物，雖然準備得太多，但種類倒是都挑對了，全是一些高熱量，體積小方便攜帶，而且不會壞掉的食物，我裝了一些到袋子裡，沒有帶很多，畢竟現在是要進城，食物在末世第一年並不難找，只是有沒有能力去找的問題。

二階若還找不到飯吃，那餓死也活該。

等到午飯時間，桌上簡直是補品大百科，十全大補湯、中藥粥、當歸鴨、九層塔蘁蛋，貌似還聞到四物湯的味道，這些若在末世前吃下去，絕對是立刻補到噴鼻血的節奏吧，但重點是四物湯到底怎麼回事，難道我這輩子還能體驗經痛這回事嗎？

「二哥要進城得好好補補呢！」君君心虛的說：「那個四物湯是我的，當歸鴨是嬸嬸做的，九層塔薑蛋是叔叔弄的。」

還有十全大補湯和中藥粥呢？

君君低下頭，她的兩邊各是一臉愛子心切的叔叔嬸嬸，我、我還能怎麼辦？坐下來吃吧，反正我是沒聽說過末世有人是被補死的。

一桌子都是愛，我只好每道菜都啃了，果然如預想中的，飽到差點得抱著肚子走路，旁邊的小殺也沒被放過，原本精實的腰線都吃成一個凸字，冷漠的臉色更冷了，活像便祕似的。

捧著一肚子的愛，我倆終於可以出發了，疆域全體成員全都站在大門口目送我們離開，臉色不是擔憂就是強顏歡笑，幸好還有一隻天兵凱恩，正搞不清楚狀況的大力揮手道別。

「怎麼搞得我們好像要去進行什麼九死一生屠龍之旅似的……」

我抹了把汗，只是想進城去打打怪練等級，真的沒有挑戰大魔王的意思啊！

小殺冷著臉說：「吃太多好想吐。」

這屠龍大冒險的開頭怎麼感覺不太美好？

頂著大夥的擔憂，帶著「還是快逃吧」的心情跨上車，我扭頭問小殺，「我開車？」

雖然我表現得不像十八歲青年，不過外表終究是柔弱美青年樣，所以還是別太獨斷獨行，至少要到二十歲才能這麼幹！

小殺表示沒啥意見，他冷著臉，雙手抱肘，看起來超級不爽，但我想他不爽的點應該是胃不爽。

跨上車，這是一台普通國產車，倒沒有多少改裝，畢竟一到那裡，我就必須把車丟路邊，改造得太好，只會被倖存者優先開走而已，到時要回來的時候，再換台好一點的車開回來，這更實際點。

發動車子後，我想了一想，降下車窗，對煩憂的眾人露出一個超級燦爛的笑容。

眾人愣了一愣，隨即跟著笑了，總算放下所有擔憂和不捨，姿態輕鬆起來。

「給我帶點影片回來。」凱恩大刺刺的說：「最好是愛情動作片，你懂吧？」懂也得裝不懂！

「帶個啞鈴，越重越好。」雲茜摸著自己的二頭肌，不滿意地皺著眉頭。妳是覺得咱們不到十個人卻要蓋出一整座基地，這工作量還不夠操是吧？

「我要口紅，大紅色的。」這是百合。

這個可以有，我決定順便帶護唇膏和保養品給君君與嬸嬸。

「書！」叔叔和嬸嬸異口同聲的說。

我點點頭後看向大哥，有沒有要的東西啊？

他想了一想，說：「帶個女朋友或男朋友回來。」

我立刻踩油門加速甩尾離開。

第三章

初入蘭都

將車子棄置在城市外圍，其實這裡離蘭都似乎還有十分鐘左右車程，但是沿途注意到太多動靜，恐怕不適合再繼續開車，雖然車子速度快，但目標實在太大，恐怕會吸引異物的注意力，敵暗我明，太不利了。

我看向小殺，詢問：「你能發出有足夠殺傷力的風刃了嗎？」

被鳥抓走之前，我教過疆域眾人，但那時大家的成效不佳，雖然異能增長速度快，但他們卻不太能運用在實戰中，反倒用來做家事還順手得多，讓人哭笑不得。

小殺看了我一眼，隨手一甩，我只隱約感覺到一股氣流，不遠處傳來「吱」的一聲。

我直接走過去，低頭一看，地上有一隻老鼠樣的東西，只是那條尾巴長滿尖刺，頭部無毛，像是一層硬殼，四隻爪子黑黑亮亮，還在前額長出一根撞角，這玩意兒叫角鼠，也不怎麼厲害，就是讓人防不勝防，常常從暗處衝出來，用撞角扯掉你一塊皮肉，然後飛快逃掉。

這隻角鼠從中間斷成兩截，手腳還在抽搐，卻沒有看見任何傷他的凶器，傷口銳利得像是被劍一斬而斷，這麼乾淨俐落，看來小殺可真進步不少。

「不錯，你的異能進步很多。」

小殺嘴角微勾，說：「路上遇過一些異物，大家都有進步。」

我有些疑惑的問：「大哥說你們沒遇上太強的異物。」

他默然一陣後才說：「那時擋在老大面前的東西，不管強或不強，他都是一個『殺』字，我們若不在五分鐘內把擋路的東西解決，他就等不了，彈藥像是不要錢的射出去，若是槍不好用，他和書君就會出手，書君暈倒的次數多到數不清，老大倒過兩次，所以我們只能用盡所有手段，希望在五分鐘內解決對手。」

眼眶一陣酸熱，但我強忍下了，這是末世，沒有什麼安全可靠的變強方法，我自己倒下的次數也都數不清了，但這就是變強唯一的辦法，只能把自己逼到極限，甚至瀕死邊緣，才有可能更上一層樓。

「看來我輪流帶人出來果然沒錯。」我淡淡的說：「在家練習根本沒屁用，直接上實戰才是對的，你準備好吧，若是跟不上我的腳步，我會讓你待在蘭都外圍等我，省得拖累我。」

小殺一凜，立刻點頭，隨後又遲疑的說：「但你不是跟老大說只是到外圍晃晃？」

我白了他一眼，不這麼說，大哥會放人嗎？立刻關門放君君好嗎！

小殺心領神會，點點頭不再說話了。

繼續踏上前往蘭都的路，我沒有刻意躲藏，也不傻到走在大馬路正中央，就是正常的走在路邊，但就是這樣，也是夠大膽了，不時會聽見路旁的樓房有些小動靜，幾次聽見的聲響像是說話聲，顯然是人而不是異物。

真不愧是一線大都市，雖然死的人多，活的人卻也不少，我走了半小時左右，能夠確定是人的動靜就有三處。

我突然想起一件事，連忙問：「小殺，你們一路到懷古小鎮，途中應該遇過人吧？」

小殺點了點頭，「不少。」

果然如此，疆域一行人看著就不簡單，絕對有很多人想加入隊伍找個庇護。

「那怎麼都沒收人呢？全遇上爛人？」運氣有沒有這麼差？果然疆家不是只有我倒楣。

「不知好或爛，一遇上人，老大只有一句話——「讓開或死」。」

這只能收到鬼了。我無言。

是不是該順便找點人收進疆域呢？不管怎樣，疆域現在的人數要蓋起一座基地，實在有點天方夜譚，也完全沒有那個必要性，地方蓋那麼大卻沒人手，連守衛都成問題，我相信大哥也是有收人的意思。

回頭看看那三處動靜，猶豫了一下，還是放棄了，我和小殺看著是兩個二十出頭的年輕人，身形又不粗壯，還朝著蘭都的方向走，但那些人也沒有出聲阻攔的意思，不是好人的機率很高。

不過誤判的可能性也不小，畢竟我和小殺的舉動太奇怪了，這個時候，大家都朝城外逃，我們偏偏反其道而行，怎麼看怎麼可疑，對方不敢出聲也是有可能的。

越想越頭大，還是不想了，現在才第一天，我還想探探蘭都的深淺，說實在也懶得帶上一些陌生人，對方更不見得會肯跟進蘭都或者在原地等我。

小殺突然踉蹌了一步，拉住我的衣角才沒跌倒，這讓我愣了一下，絆倒不奇怪，但小殺的動作怎麼可能這麼笨拙？他突然低聲說：「後面有人跟著。」

我皺眉，卻沒感覺到有人。

小殺輕聲說：「對方很擅長跟蹤，我完全沒看見他的人，若不是我有風異能，不時感覺到微弱的氣息跟在後頭，可能還發現不了他。」

我作勢扶起他，低聲問：「傭兵？」

「不一定，軍人、刑警，甚至偵探都有可能。」

我想了一想，故意擔憂的問：「辰沙，你沒事吧？有扭到嗎？」

小殺的嘴角抽搐了一下，皺眉說：「腳踝有點痛。」

我做出苦惱神色，說：「你也不小心一點，到路邊休息一下。」

小殺尷尬的說：「抱歉。」

我扶著他，一拐一拐地走到路邊坐下，隨後拿出水和餅乾遞給他。

小殺不動聲色的接下東西，無視自己略凸的腰線，努力啃著水和餅乾，剛剛還說自己飽到快吐的傢伙，一口一口的吃喝，神色透著饑渴和滿足，看著活像這輩子沒吃飽過似的，演技真是不錯。

看著他手裡的食物，我特意吞了吞口水，裝作強忍著不吃，只喝了幾口水。

「最近實在太冷了，我覺得不大對勁，現在才快進入十一月而已，以前這種時間可沒這麼冷。」我擔憂的說：「恐怕這次的冬天會比以前更冷，再不多找點食物，到時可能會很難過。」

聞言，小殺停下不吃了，他低頭看看餅乾，一臉渴望，卻還是遞回給我收起來。

他說道：「蘭都應該會有吃的，我知道超市的倉庫在哪，以前在那裡打工，那個倉庫外觀很不顯眼，說不定不會被發現。」

我點點頭，嘆道：「希望有吧，外面的東西都被搜得差不多了，沒被搜過的地方看著都不對勁，就怕裡面有怪物。」

「嗯，別為了幾口吃的去冒險，你還記得沈千茹吧？那死法太慘了。」

「就是說呀，整個人都……唉！」那女孩怎麼就這麼蠢呢？讓人忍不住都真心嘆息了。我自嘲的說：「但我們進蘭都不算冒險嗎？」

「倉庫在外圍而已。」小殺皺眉說：「我們繞著外圈走，別太進去。」

「也只能這樣了。」

坐在路邊一陣子，我們還是沒等到動靜，不知對方是太謹慎呢，還是真的沒有惡意？

小殺丟來詢問的一眼，我平靜地問：「腳好點了嗎？沒事就走吧。」

他動了動腳，站起身來，說：「沒事，應該只是拐了一下。」

「還好你沒事！」我跟著站起來就撲進他懷中，低聲說：「扮同志情侶吧，方便靠近說話。」

小殺「嗯」了一聲，反手就摟住我，一點異樣情緒都沒有，專業素質就是這麼好配合，想想上輩子，身邊盡是衝出去亂引怪的上班族、尖叫的孩子和哭嚎的大媽，豬隊友甩都甩不完，現在能夠擁有這麼多神隊友，簡直跟開外掛沒兩樣。

「對方還在？」我輕聲問。

小殺低下頭，靠在我的耳邊，臉色是冷漠的，眼神卻是柔情的，好一個深情酷男，這演技連我都自嘆不如，他輕聲問：「還在，我可以在察覺的那瞬間判斷出對方的大概方位，但沒有絕對的把握，要殺嗎？」

神隊友太神，看見人頭就想拿下也讓人頗苦惱呀！「別再降低地球的人口數了，對方不出手，我們就先不管他，如果真的跟太久，再出手也不遲。」

「要是對方有槍，冷不防出手，我們可能會死。」

「浪費寶貴的彈藥斃掉兩個路人根本沒多大意義。」我冷道：「更何況，一槍能不能殺死我可難說了，但他若敢出手，只要沒一擊斃掉我，就換他死！」

小殺想了想，點頭說：「應該不會殺你，你長得好看，頂多是殺我奪你。」

靠，這還真有可能，但我仔細想想，小殺的腰圍也不過比我多一吋，精瘦腿長，臉孔也沒粗獷到哪去。

「應該不會，留下你不是更有得用？」

「用……」小殺的臉扭曲了一下，隨後又高素質地恢復冷漠中帶著深情的男朋友，淡淡的說：「該走了，傍晚前要找到落腳處。」

「嗯。」我從他懷中站直起來，乖巧地點頭。

剛說這麼多話想引誘對方出來都不肯現身，看來短期內是不會出來了，就是不知道對方會跟到哪邊，我突然有種惡趣味，乾脆立刻進城去，看看他到底敢不敢跟上來。

趕了一陣子路，「歡迎蒞臨蘭都」的巨大路牌斜斜掛著，看起來隨時都會掉下來，牌面的右下還有一道被抓破的痕跡。

我看著那牌子，歪了歪頭，看著有點不高興，蘭都可是我家未來的地盤，門牌掛歪還給人抓破了，簡直太沒面子，以後一定要把這塊牌子換掉！

而且還得重新取名，蘭都聽著實在太娘了，完全不符合我家兇猛的天兵團，嗯，取什麼名字好呢——我真是白癡了，不就是「疆域」嗎？這就是我家的疆域，雙關語用得多好，比○○城××市都囂張一百倍！

「書宇。」小殺喊了一聲，警戒地看著路牌旁邊的雜草叢。

我「嗯」了一聲，早發現了，躲得這麼差，用不上小殺，我的膝蓋都能發覺有人躲在那裡，比起後面偷偷跟蹤的傢伙，這夥人的隱匿功力只能打個零分。

小殺看了我一眼，我也看了他一眼，眼神含羞帶怯，完美的演示一名無能無力無路用的柔弱美青年，小殺的臉又扭曲了一下，嘖，演技不錯，但定力還差一些。

領頭的人裝柔弱去了，小殺只好自行高喊：「是誰在那裡！」

那裡的人似乎也不想躲了，在小殺喊到一半的時候，他們就站出草叢，一個個都是高壯的男人，手上帶著刀棍，領頭那個人穿著羽絨長大衣，手上還拿著把槍，看起來混得不錯。

他們直盯著我們的背包，露出饑渴的神色，只有羽絨衣男露出遲疑的神色，懷疑的說：「你們竟然想進城？瘋了不成？」

這時，其他人才露出恍然大悟的神色，看看後方的都城，露出恐懼的神色。

有人喃喃：「就說哪裡怪呢，原來是方向不對，以前都是面對蘭都打劫，這次怎麼沒看見都市，原來我們是背對著蘭都。」

原來如此，這夥人專門打劫從蘭都逃出來的民眾，這倒是挺有頭腦的，蘭都出來的人多半都帶著不少物資，雖然他們可能有武器，也有危險性，但總比餓死、凍死或者進城被異物殺死的危險度低些，若是搶劫的人不趕盡殺絕拿走所有東西，這些剛從蘭都逃出的民眾恐怕還真不會想跟他們起衝突。

羽絨衣男皺著眉頭思索了一下，隨後說：「不管你們是想進還是想出，總之留下買路財，隨你們愛上哪就去哪，我指的買路財可不是鈔票，你們懂吧？」

小殺皺著眉頭沉下臉，由於外表不夠給力，倒是沒有兇殘外露，只是看著脾氣不好，冷漠不好接近。

「辰沙，給他們吧。」我怯生生地躲在小殺背後，想著上天有好生之德，大家都是人類，送點食物也沒什麼，就給人家一次機會吧，只要他們拿了食物就走，我可以當作這是為了人類存亡的捐獻，反正自己又不缺吃喝。

「好吧。」小殺心不甘情不願地從背包拿出巧克力和幾罐飲料，我也拿出一些餅乾，讓他一起丟給對方。

那幾個人大概沒想到我們這麼配合，接住食物後還有些發愣，隨後開始你爭我奪，直到穿羽絨衣的傢伙喊了一聲，他們才停手。

羽絨衣男看著我，我縮進小殺背後，祈禱對方快走，別被我這張臉勾引，自古紅顏多禍水，藍顏更是洪水級還帶結冰的，要命就快逃吧！

但他只看了我一眼，目標就轉移到小殺身上。

「把身上的外套也脫下來。」

小殺的臉更臭了，我也忍不住嘆息，不是捨不得一件外套，而是小殺一脫外套就成人形凶器，一身的刀，這還能善了嗎？

「快脫！」

小殺扭頭丟來一眼，我聳肩說：「想脫就脫啊，難得有人叫你脫而不是叫我脫，不行動嗎？」

「……我覺得你最近說話特別欠揍。」

恢復記憶就肆無忌憚了嘛，總歸一句話，我有疆家我怕誰！

「還聊天啊？」羽絨衣男不高興的怒吼。

小殺淡淡地瞥了那傢伙一眼，如他所願，一把拉開外衣，果不其然，所有人都瞪大眼，羽絨衣男愣了一下，臉色大變，舉起槍來，但哪裡比得上小殺的速度，這時，小殺早已揮手射出飛刀，準確無比地插在對方的手揹上，羽絨衣男發出慘烈的叫聲時，他又是一個前撲順勢撿起槍，站起身來時，槍口已經瞄準對方的腦袋。

羽絨衣男立刻就閉上嘴，雖然他手上的血像是開水龍頭似的噴，看著就痛，但嘴巴倒是挺硬的。

不過，說好的不用槍呢？我不滿地瞥向小殺，他似有所覺，回頭就把槍拋過來，我接過後看了一眼，這是改造槍枝，作工馬馬虎虎，要用這東西打死我，可能得直接抵著我的腦袋打三槍……呃，人還是不要太過自信，兩槍好了。

小殺拔出匕首對上對方十人，大有「我要打十個」的氣勢，對方那群人則愣愣地看著他，又看了看我手上的槍，一臉喜不自勝，好似槍在我手上只是根燒火棍，嘖嘖，我的外表實在太有欺騙性，是不是應該好好發展這點……

大哥高調地成王稱霸，甚至連君君也可以多多高調，免得被人看輕欺侮，我就低調些隱藏實力，就像分子研究所那般，沒有人知道他們的水有多深！

即便將來有必須出手的時候，我突然從柔弱美青年變無敵小超人，這點也可以混淆敵人，讓他們覺得疆域的其他成員說不定也在隱藏實力，越想越覺得真是不錯……

我猛然朝後方一看，只有大馬路和城鎮，沒有任何動靜，雖然隱約可以在窗口看見人影，他們正關注著這裡，不知是這些打劫者的家屬，或者只是不相關的人？

但現在，那都不是我關注的重點，即便是後方打了起來，也不能轉移我的注意力。

遠方，似乎有什麼，而且越來越近了。

心裡響起警鐘，這絕對不是沒來由的恐慌，人的等階越高，對危險的感應越是準確，二階只能勉強有個直覺，但即使如此，我還是感覺到危險了，這該是多恐怖的玩意兒，才能讓二階的我有這種危機感？

「小殺！」我不打算冒險，立刻回頭喊：「進旁邊的屋子去，快！有東西要來了！」

小殺一刀子揮飛對方手上的菜刀，同時踢出一腿，將人踹得連連後退，倒地抱著肚子哀嚎，他轉頭過來看著我，沒問沒說話，直接跑回來，左右張望了一下，說：「這間。」

我看過去，那是一整排別墅，全都長得一模一樣，外牆用的是石材，用料看起來頗高級，大門更厚重地像是城門似的，選得好！

點頭同意後，我們兩人立刻朝屋子跑，小殺輕而易舉就跑在前頭，不愧是風異能者，他回頭一看，立刻停下腳步，大有想跑回來墊後的意思。

我白了他一眼，「跑啊，先想辦法進去。」

小殺再次衝向屋子上跳下竄地找入口，我得了個空閒便回頭一望，那些打劫的人倒了三、四個在地上，羽絨衣男倒是站著，左手緊壓右手，這加壓止血法果然有效，他的手已經不再噴血。

他看著我和小殺的舉動，一臉的狐疑，但這狐疑沒能持續多久，地面傳來微微的震動感，我們不約而同看向遠方，地平線上出現大量煙塵，隨即聲音也到了，那是腳步聲，或者該說腳蹄聲？

細細碎碎的聲響，不像馬匹那麼強健有力，應該是更小型的動物，但這也表示數量絕對非常驚人，才能引起這麼大的動靜。

「書宇，快進來！」

我回頭一看，小殺已經開了門，這效率高得驚人，這位仁兄你進疆域前該不會是做賊的吧？

印象中，大哥說過小殺是撿來的，不過他可不是孤兒，所以實際到底是個什麼樣的撿人法，當時因為大哥太久沒回家，冷戰中，不管他說什麼話都沒有弟弟妹妹肯回話，後來我也就忘了追問。

聲勢浩大的腳蹄聲越來越近，我連忙走進屋子，背後傳來腳步聲，回頭一望，羽絨衣男一邊跑過來，一邊對其他人吼道：「走，快跟著躲進屋裡。」

倒是個聰明的傢伙，可惜，誰說你們可以進來的啊？

羽絨衣男看了小殺一眼，小心翼翼地繞過去，朝著隔壁屋子衝。

好吧，他果真聰明，看著情況不對就先躲再說，還直接選了和我們一樣的屋子，卻挑上隔壁幢，在時間緊迫之下，我們多半不會再和他們槓上，真是一舉數得。

我走進屋子，抓著小殺走到三樓，再上去就是頂樓了，真不行還能試試跳樓逃生，左右查看了一下，最後乾脆進衣櫥，反正這衣櫥夠大，塞兩個人在裡頭躺平睡覺都行。

「書宇，那到底是什麼？」小殺不解的問。

我對他比了個噓，「聽。」

腳蹄聲越來越明顯，雖然不像萬馬奔馳那麼誇張，但這種細細碎碎的聲響更是惹得人心煩，感覺十分不舒服，不會是蟑螂群吧？

我皺眉，若是這玩意兒，那倒是還好，目前這時期，他們還不會攻擊超過一定大小的獵物，只可惜，蟑螂的腳步聲貌似不是這種腳蹄聲。

腳蹄聲近在咫尺，震動也達到頂點，這狀況大約持續十來秒，然後就逐漸減弱，我走出衣櫥，心中已經有所猜測，畢竟除了腳蹄聲，還有叫聲這個線索。

我推開衣櫥，走到窗邊往外一看，果然沒錯！

是角鼠潮，數量之多，簡直像一股黑色浪潮，朝著蘭都席捲而去。

這時，小殺也走到窗邊，震驚於窗外的鼠群，幸好之前他是用風刃殺的角鼠，否則若沾上角鼠的血，現在恐怕沒這麼容易脫身。

但話又說回來，角鼠坐實了膽小如鼠這句成語，只要嚇嚇他們，十之八九都會退走，雖然這麼多數量可能會讓他們的膽子大很多，但我有二階的冰能力，做點中看不中用的聲光效果來嚇跑老鼠，倒是沒有什麼問題。

反倒是剛剛提到的蟑螂要恐怖多了，但什麼都比不上蟻潮和蜂潮……不提了，反正這都是後來的事，如今還是靠體積取勝居多，那些數量大的東西現在都還不太會攻擊人，畢竟原本都不是會主動攻擊的物種。

但沒想到，角鼠竟然這麼快就成群，而且數量還這麼驚人，難怪他們會往大城市移動，八成把附近城鎮都啃個精光了。

「書宇，我們還要進城嗎？」小殺不安的問。

「怎麼，怕了？」雖然也是人之常情，這麼大群角鼠，壓都能壓死人，沒有人會想和他們硬碰硬。

小殺臉色一冷，說：「我還是找不出那個跟蹤的人，又有這麼大群鼠進了城，現在進去蘭都不是個好選項。」

那個跟蹤者倒是真有些麻煩，讓人覺得很煩躁，有種想放大招逼對方出來的衝動，但這太不智了，對方的實力半點不知，自己倒是已經少了一個大招。

「我敢跟你保證蘭都裡面絕對有比剛才那群角鼠更恐怖的東西。」

小殺一怔，隨後點了點頭，不再有異議。

光是想想末世後來出現的那些異物，我就能知道現今一線大城市的恐怖程度，即便亞洲後來有冰皇和雷神，一線城市仍舊是探險叢林狀態。

雷神一開始在中官市，那是個二線城市，也夠他忙的了，冰皇則拚命趕回家，如果他們在一開始就先去佔領一線城市，是不是能為人類搶下一座大據點呢？

但話又說回來，可能是我托大了，搞不好人家能夠活著成為十二頂尖強者的原因就是沒去一線城市找死。

我深呼吸一口氣，找死和變強，差別怎麼就這般小呢？

「別太怕那個跟蹤者，他八成只是覺醒和隱匿有關的異能，接下來我們多注意點，如果抓到機會……」這時，我看了身後的房間一眼，隱藏者再強也不可能躲在這房內，這才低聲說：「立刻殺了那個跟蹤者！」

小殺目露兇光的點了頭。

走出屋子，我感覺到視線，抬頭一看，羽絨衣男正站在隔壁屋子的陽台上，他看著我們，臉色驚疑不定，但這膽子卻是不小，十個人被小殺單槍匹馬打成渣，居然還敢踏入我們的視線範圍之內，這是膽大呢？是蠢呢？還是純粹太愛小殺的外套呢？

對方專注的對象是小殺，神色敬畏有加，眼裡根本沒我這傢伙，好吧，我乖乖當強者旁邊的柔弱美青年，現在還兼差小男友，想想真是越活越回去了。

「還想打？」小殺冷道。

羽絨衣男臉色一變，立刻用力搖頭，遲疑了一下，喊道：「為什麼你要進城？所有人都從那裡出來，沒有人進去！而且你沒看見那些老鼠嗎？」

小殺悶聲不說話，只用眼尾瞄了我一眼。

我靠到「男朋友」的身上，一臉被嚇著的小模樣，蠕動嘴唇道：「給點冷酷高手範兒叫他們滾蛋，然後閃人進城啦，不然天都要黑了，難道你想露天睡在異物的眼皮底下供觀賞嗎？」

「……」小殺冷冷地朝羽絨衣男撇一眼，丟下一句「與你無關」，隨後帶著小男友揚長而去。

走出好一段距離後，小殺略帶遲疑的問：「這樣有你說的高手範嗎？」

我想了一想，似乎還不夠高貴冷傲，不過考慮到小殺是冷酷型高手，寡言少語缺乏溝通能力說不定才是對的，更何況，霸氣威武的老大有大哥就夠了。

「不錯。」我讚了一聲。

小殺鬆了一大口氣，看起來哪有一點高人樣，分明是剛交考試卷深怕得零分的小學生……

我有點無言，這記憶一恢復，威武大哥成了傻笑天兵，酷男變身小學生，難怪人家說回憶最美，失憶更是讓所有人都高貴冷傲起來了。

我們越走越慢，因為周圍漸漸出現高樓大廈，道路塞了滿滿的車輛，滿地黑黑紅紅，顯然已經正式進入蘭都的範圍，我可不敢再明目張膽下去，躲躲藏藏的前進才是真理。

途中，我問過小殺幾次，他有時完全感覺不到跟蹤者，有時卻又能察覺到對方的氣息，最近感覺到的一次卻是幾分鐘以前。

「竟敢跟進蘭都？」我皺眉，那傢伙到底想做什麼？就這麼跟著又不動手，我和小殺兩人真有這麼顯眼到讓人覬覦嗎？我們身上只有各一只背包，物資也沒那麼多吧，莫非是看上一開始的謊言，那個虛構的賣場倉庫？

不，蘭都的恐怖絕對遠超過一個賣場倉庫的誘惑，尤其是現在食物還沒這麼匱乏的時期。

進蘭都這種危險地帶，讓這麼一個傢伙潛伏在周遭，絕對是不智之舉……

殺心剛起，我就眼睜睜看見小殺衝了出去，殺氣畢露，飛刀甚至比人還快就射出去，卻是射進路旁的陰影裡，那裡看起來沒有什麼東西。

雖然不知發生什麼事，但既然同伴動了手，我起碼得動腳跟上，連忙把背後的冰槍一個反轉握在手中，跟著追過去。

小殺衝到那陰影處，匕首揮了過去。

我皺了下眉頭，小殺從頭到尾都沒用風刃，果然是一到要緊時刻就忘了異能這回事，雖然想提醒對方，但突然想起他動手的對象可能是那個隱藏者，那種危險傢伙還是讓小殺盡快解決得好。

但我還是沒看見陰影中有東西……

鏗鏘！

我一怔，小殺手上的匕首停在半空僵持不下，隱隱約約，彷彿有什麼東西漸漸浮現出輪廓來——那是一隻手！

黑如影子的手同樣持著匕首，直到現在，我才逐漸看見對方，他整個人都是一抹黑影，藏在陰影中極難發現，如果不仔細看，根本發覺不了，這才能跟了我們一路。

兩把匕首彈了開來，但小殺顯然比對方更行有餘力，應該是他主動揮開，結束這僵持的局面，隨後又再次衝上前去，匕首的「鏗鏘」聲連接不斷，簡直像是曲子。

我歪著頭打量一陣子，對方是挺厲害，而且還懂得利用周遭陰影躲來藏去，有不少次，我會突然找不到對方的蹤影，隨後才看出他的所在地，這身法真是很不錯，配上這種奇怪的陰影身體，果真是跟蹤的不二人選。

不過咱們家的小殺更強，難怪大哥之前會說他是隱匿的高手，就算對上這種陰影人，他仍舊隱隱跟著對方的腳步，甚至還先一步猜中對方的動向，好幾次攻擊應該有擊中對方，我無法確定，因為實在太黑了。

這全身變影子的異能實在詭異，而且對方的異能若是這麼強，可以維持長時間，應該不會在戰鬥中落於下風才對，雖然異能有合適和不合適戰鬥的類型，但異能強度同時也代表身體的強度，但那傢伙的力量和速度看起來實在不比小殺強。

莫非是……我皺眉，高喊：「小殺，別忘了你的能力！」

小殺的身影完全沒有滯怠，身周卻湧起能量的波動，陣陣風凝結出一片片刃飄在半空中，風無色無相，其實相當難以發現，若不是我升上二階，恐怕都沒能看得那麼清楚，與其說是「看」，其實更像是察覺到能量波動。

小殺若能真正把風刃融入戰鬥中，絕對是疆域頂尖的戰鬥好手。

風刃射出，封鎖所有退路，小殺也舉著匕首衝上前去，對方凝滯不知所措，看來這擊勢必得手……

「堂哥！」黑影發出尖銳的叫聲。

小殺一怔，手頭一歪，所有風刃橫飛出去，將路旁的車輛打成蜂窩。

我厲喝：「小心他耍詐！」

小殺一凜，舉起匕首戒備，同時再次聚集起風刃，這聚集的速度也真是不錯。

黑影連忙跳出陰影，卻只能看見一個人形影子，丟下一條黑影，落地鏗鏘，應該是把匕首，居然同樣黑成一團，真是怪異的能力。

「堂哥，我、我是辰洋，上官辰洋！」

第四章

上官家族

上官？

我看向小殺，他仍舊戒備，但從神色看來，似乎真的認得那個「上官辰洋」，有上官這兩字，至少對方應該認得小殺。

小殺喝道：「露出你的臉來！」

「沒辦法，我不知道自己怎麼會變成這樣，我、我弄不回原本的樣子，所以才被趕出來——他們覺得我是怪物！」那抹影子的肩膀整個垮了，不停喃喃：「我沒有變成怪物，我又不吃人，我只是、只是……」

他似乎也不知道自己「只是」怎麼了，我倒是非常清楚，他這變化和之前遇過的腦魔是差不多的狀況，是身體變異，還變化得太大，人樣都沒了，看起來簡直像是異物，很難被人接受。

小殺遲疑了一下，扭頭看我。

我上前抓住小殺的手臂，怯生生地躲在他後頭，問：「辰沙，真的是你認識的人嗎？」

小殺點了點頭，「嗯，聲音很像是他。」

「真的是我！」上官辰洋連忙說：「堂哥，你不會不認得弟弟吧？」

「你堂弟？」我皺眉，努力扮演小男友角色，不滿的推了推他，抱怨：「怎麼都沒聽你說過？你什麼都不肯跟我說！」

小殺淡淡的說：「我堂弟妹有二十幾個，都不熟，沒什麼好說。」

「……」這可真是個大家族，真虧你還能聽得出這聲音屬於某位不熟的堂弟。

上官辰洋抗議道：「至少比其他人熟吧！我們待過同一家公司，我還幫你掩飾蹺班好幾次，你全忘了嗎？」

小殺的臉很臭，完全不想回答記得或者忘掉。

蹺班？我看了小殺一眼，這傢伙會是個上班族？這麼冷酷寡言無法溝通的模樣，哪個老闆心胸如大海般寬闊，居然錄取了他？

「你跟著我幹什麼？」小殺皺眉道。

「我、我只是在附近閒晃，偶然看見你，這才跟上來。」

小殺冷哼道：「跟著卻不露面？你是想搶我？」

黑影沉默良久，連小殺都開始進入戒備狀況，他才說：「我不敢出現，每個人都怕我，之前，我是被家族趕出來的。」

這次換小殺沉默了，也不知他信或不信。

上官辰洋苦笑道：「堂哥，我這模樣搶誰都十之八九能得手，就非得搶你？我們又不是沒打過，我哪次打贏了？」

小殺的臉色緩和了些，問道：「你有這種能力怎麼會被趕出來？」他停滯了一下，似乎還用眼尾瞄了我一眼，才說：「至少上官辰皓應該會覺得你有用。」

「現在上官家不一樣了，好幾個老傢伙不是死了就是變成異物，你也知道老人大多支持你哥，他們一死，現在世界又變成這樣，傾向軍方的辰鴻得勢了，你哥只能勉強和他並立，還有辰裕似乎也不簡單……」

我霧煞煞聽不懂，難道，這就是傳說中的豪門大家族爭權奪利嗎？

小殺不屑的冷哼：「上官家居然還沒散？」

上官辰洋苦笑道：「你果然有夠厭惡家族，非但沒散，還占了個軍事基地呢，還虧你哥反應得快，事情剛發現，他就聯繫好基地，還派人將家族人都接過去，也不知道他怎麼這般反應迅速，結果一到基地，辰鴻就占著軍方的背景，奪了他一半的權。」

「那個基地在蘭都？」

我插嘴問，那抹黑影子卻沒有理我，而我也無法從一團黑中看出對方的表情，他看著就是個影子，只是特別黑且完全不透明。

小殺開口問：「基地在哪？」

上官辰洋終於開口說：「在南邊，離蘭都沒多遠，你要去找你哥嗎？那我就不能跟你去了……」

好，就算看不見表情也能明白那傢伙根本不想回答我，我該慶幸自己的外貌真是毫無威脅性嗎？明明背後還揹著冰槍啊，雖然它看起來像一根包保鮮膜的鐵欄杆，但至少比掃把棍威風吧？嗚嗚，真心想念冰皇槍！

小殺冷道：「我對上官家沒興趣。」

上官辰洋立刻問：「那我可以跟著你嗎？」

好一句跟著你，根本無視我的存在，好歹我有張很搶眼的臉吧！

小殺皺了皺眉，想看我又不敢看。

我立刻變身鬧彆扭的小男友，不滿地用力捏小殺，然後把他拖到遠方，還對黑影大喊：「你要是敢跟來偷聽，我就叫小殺揍你！」

小殺冷酷的臉上略帶無奈，但一走到夠遠的地方，背對黑影後，他立刻一臉乖乖聽令樣。

其實我略有猶豫，上官辰洋的黑影能力讓人頗為忌憚，小殺似乎也沒有主動留下他的意思，但不管如何，我還是決定先把人收下來再說。

上官辰洋口中的軍事基地離蘭都不遠，聽起來人似乎不少，甚至有很多是軍人，等到他們食物匱乏的時候，一定會往外搜尋物資，到時，說不定會和疆域碰上，所以必須打聽清楚那基地的狀況到底如何，上官辰洋會是個突破口。

「小殺，你和你哥的關係不好？」

小殺的臉沉了下去。

我略尷尬的說：「呃，我不是想探聽你的私事，只是他們離這不遠的話，到時可能會撞見——」

小殺打斷道：「我父親總共有三個老婆，他是大房長子，我是三房的。」

……大家族真是夠亂的，難怪會有二十幾個堂弟妹，原來不是多產，而是負責生的人多啊！

「我本來有三個『哥哥』。」小殺嘲諷的說：「不過有兩個蠢到想跟上官辰皓爭權，結果一個死了，一個進了瘋人院，所以我就剩一個哥哥。」

這哥哥好危險啊！還是我家大哥好，家裡的存款簿房契地契都在我手上，大哥也不會想殺弟弟呀！

突然，我想到小殺曾經被腦魔迷惑，那時他說過關於哥哥的事情，那句話好像是這樣的：大哥別打了，我聽你的就是了？

這聽起來似乎不是形同陌路或者敵人關係，喔喔喔，我的好奇心都快突破天際啦！

小殺保證道：「我老早就離開上官家，對南邊的基地沒興趣，就算日後疆域和上官家甚至是上官辰皓有衝突，我也是老大的人！」

他看了我一眼，改口說：「我是說，老大的屬下。」

呃，我也沒誤會啊。

「進蘭都的時候，我們不能帶上黑影，你叫他在這裡等我們五天，如果五天後他還在，我們就帶他回去，現在千萬別提到懷古小鎮或者疆域的任何事情。」

小殺點了點頭，隨後就走回去和上官辰洋說話。

「你要帶這小子進城？」上官辰洋訝異的說：「堂哥，你不會幹這麼傻的事吧？這種玩意兒平常寵寵就算了，現在蘭都可不是能鬧的地方。」

……現在反悔不想帶他回家成不成？

「住口！」小殺冷厲道：「不准你這樣說他！」

直到小殺丟來一眼，我才後知後覺地開口怒叫：「你說誰是玩意兒？小殺，我警告你，你要是想讓他跟來，我以後就再也不理你了！」

說完，我立刻傲嬌地扭頭閃人，直到聽見上官辰洋不屑的冷哼聲，這才鬆了口氣，要當個無腦花瓶也不是容易的事，一個沒注意就帶智商出門，聽見挑釁的話都懶得回嘴。

沒走多久，後方傳來腳步聲，小殺跟上來了，他說：「他同意在原地等。」

我「嗯」了一聲，「天色晚了，先找地方待著，這裡應該算是蘭都的範圍？」

「對，但還是最外圈，蘭都很大，分成十幾區，這裡靠山邊，沒有其他地區那麼繁榮。」

難怪我感覺不到什麼危險，堂堂大都市應該不會這麼安全，原來是因為這裡人少。

「這區塊以前讓上官家老一輩賠了一筆很大的錢，他們規劃的區域沒人買帳，成了死區。」小殺淡淡的說：「上官辰皓就是在這時挽回財務狀況才掌權上位。」

我比較好奇到底是什麼讓你連一聲哥都不肯叫，就這麼口口聲聲「上官辰皓」，我只有氣到極點的時候才會怒叫「疆書天」，所以大哥最怕聽見我叫他名字了。

「如果疆域要對上官家，人少了。」小殺認真的說：「真的太少了。」

「嗯，但也不用急著收太多。」我微微一笑，說：「強者如雲的基地，從來就不缺人。」

小殺遲疑了一下，忍不住問：「人到底能夠強到什麼地步？」

我想了想，用一句話囊括：「排山倒海。」

小殺的雙眼都睜大了。

我老實說：「當然，只有很少數的人能達到那種高度，大部分人都沒有那麼厲害。」

「我絕不會是大部分人！」

我笑了，大剌剌地伸出手，說：「拿來。」

小殺一怔，不解的看向我。

「所有的刀子。」我想了想，網開一面的說：「除了腰間那把匕首。」

小殺一愣，然後問：「全部嗎？」

「懷疑啊？」我不耐的說。

於是小殺開始往外掏刀子，首先把大衣脫掉，衣服落在地面的時候發出「咚」一聲，簡直像是一件金屬衣；再來是脅下和大腿上的皮帶；靴子裡暗藏的小刀；皮帶頭抽出四片方正卻銳利的金屬；耳後抽出像是髮夾的微小刀片；從舌下吐出指甲大小的刀片；最後，他的手伸進褲襠抓了抓，抽出一根粗針來。

「……你褲襠裡那根東西還是留著吧。」

我完全不想伸手接過那根針，叫小殺自己塞回褲襠後，我把其他的刀都撿來綁在身上，若不是結晶吃多了，還真沒那個力氣扛這些東西，但就算結晶當糖果吃，小殺你有必要把自己搞成一座刀山嗎？

「之後，你要想辦法把異能用在實際戰鬥中，必須熟練到像是用實際的飛刀一樣。」

小殺「嗯」了一聲沒有異議，接下來，我倆找了間屋子窩進去，裡頭只有一小群蟑螂，披著鱗片的那種，他們倒是沒有主動攻擊，一看見我們，先是豎起翅膀發出嗚聲威嚇，隨後被我用一道冰氣嚇跑了。

「遇到昆蟲類型的異物，以嚇跑他們為優先，他們現在這時期不會攻擊體型大太多的獵物，就算要真的要殺，也千萬別沾上他們的血，後續會很麻煩。」

小殺點頭表示了解，我們找了不上不下的三樓作為暫時落腳的地方，這裡靠窗的房間做了個小客廳的設計，正好適合用來吃飯，走老半天簡直餓死了，食物一拿出來，兩個人都不講話光吃東西。

沒想到，蘭都看著這麼近，就在懷古小鎮的腳下而已，真走起來還是挺遠的，不過這樣也好，如果離得太近，倒是讓人不放心。

吃飽喝足，我朝外看了看天色，已經完全天黑了，而且還不時傳來各種鳴叫嘶吼，許多聲響聽起來都很耳熟，上輩子，不知多少次，我就在這些叫聲中充滿恐懼的半睡半醒。

時間過去一天了，算上來回，能夠繼續深入的時間不多了，出門前跟大哥保證過最慢一週就回去，那時他的臉色超難看，只願給三天，我討價還價才給了個五天極限。

我開口問：「我們還要走多久才會到比較繁榮的地區？」

小殺思索了下，說：「頂多一小時，蘭都不繁華的地段不多，我們來的地方靠山，如果是白天，這裡的人也不會少，多半是遊客，這裡有一些步道，但末日發生的時間是半夜，當時這裡的人可能不多。」

「你對蘭都很熟？」

「以前住過一段時間。」小殺坦承道：「上官家在這。」

有個在地人倒是好辦多了，我思索了一下，問：「你知道哪邊有百貨公司嗎？」

小殺奇怪地看了我一眼，說：「知道，但百貨的目標大，可能已經被搜刮過了。」

「別擔心，我要的東西肯定還在。」

小殺想了又想，說：「附近可能有小型百貨，但我不清楚，印象中最近的百貨有點距離，可能要走上一天。」

果真是男人，百貨公司在哪都不知道，如果是女人，搞不好可以把附近所有大大小小的商圈畫出來給我看了，還可以說出哪邊衣服好買、哪邊鞋子好買，對於我想要的那些東西，更會雙眼發亮地大喊「我帶你去」！

奈何我手上只有隻男的，只能捨近求遠，多走點路。

「兩天還耗得起，我們就過去那邊，等回程的時候，一走到蘭都的外圈，再找輛車騎，可以節省一點時間。」

小殺提醒一聲：「那邊是個小商圈，雖然沒有幾個大商圈人多，但也不少。」

「末日發生在大半夜，又是黑霧彌漫的日子，商圈不會有人潮，那邊平時很吵，住戶應該也不會太多。」

小殺恍然大悟，點了點頭。

「快睡吧，明天早點出發。」若是趕趕時間，說不定能在五天內回到家，這樣就不用被大哥黑臉了，「你想守上半夜還是下半夜？」

「我不睏，上半夜。」

得到這回應，我舒舒服服地躺到床上，小殺坐在窗邊的單人碎花沙發上，還是粉紅色的，怎麼看怎麼有喜感。

小殺皺眉道：「書宇，你覺不覺得屋內的氣溫比剛才低？」

「是我外放的能量，有警戒作用。」

看見小殺點點頭，我這才放鬆入睡，但隨即被能量波動驚醒，還來不及反應就想起來……

「如果你也想學外放能量警戒這招，白天邊趕路邊教你，現在就別玩了，否則我就不用睡了。」

沉默好一陣，才傳來一聲尷尬的「抱歉」。

想想教小殺這招倒是對的，風異能說不定比冰異能更是警戒，輕微的氣溫下降，雖然一般人不會發覺，但小殺這個傭兵仍舊發現了，畢竟屋內的溫度比屋外低，有點不合理，但若是屋裡稍微有點風流動，應該更不容易被注意到才對。

但不管容不容易被注意到，至少可以防止有人在睡夢中靠近，所以疆域的所有人都應該學會這招，但這還真是不好學啊，想當初，我可是在冰皇的鐵血教育之下才學會一邊睡一邊維持住能量，現在該用什麼方式來鐵血別人呢……

「書宇，氣溫好像有點低。」小殺的語調都有點打顫了。

「不是氣溫低，這種溫度不至於會讓你覺得太冷。」

這麼多結晶可不是白吃的，現在不過末世第一年剛入冬而已，就算一般人已經穿上外套，但對疆域的人來說，根本還不到需要穿衣服的時候，小殺和我會穿外套只是不想讓人覺得奇怪而已，我則還有遮遮冰紋的意思，這冰藍紋太吸引人的眼球了。

「是我的異能讓你覺得不舒服，你把能量外放抵禦。」

「但你不是說你會睡不著？」

我沉默了一下，光想著鐵血別人，卻忘了自己才是最需要鐵血的傢伙，路上，小殺能發現那個黑影上官辰洋，我卻不能，若這件事讓冰皇知道，他又要忍著不捨的心情痛罵著磨練我了。

「是我錯了，這點事就睡不著，乾脆別睡了。」

我乾脆爬起身來，仔細指導小殺怎麼運用能量。

「不是這樣，你用這麼多能量，根本維持不到早上，你不是要攻擊，不需要凝聚這麼多能量，只要非常少的一點點，最好比微風更輕更淺，讓敵人感覺不出差異，但這點連我也還沒練到家，才讓你輕易感覺出氣溫變化。」

小殺搖頭說：「我坐著不動，離你又近，所以能發現，但我只是以為哪邊窗戶沒關。」

我把枕頭靠在腰後，舒舒服服的說：「要練到可以邊睡邊維持能量外放，距離越遠越好，這樣一有人靠近，你立刻就能發現。」

小殺點了點頭，立刻開始操作起來，努力減少外放的能量，頗有些不穩，但初學者本就是這樣，我當初也不過好了一些些，這還是因為上輩子有過經驗，人家小殺可是徹頭徹尾的新手上路。

「你不睡？」小殺好奇地瞥來一眼。

「睡啊，但我的課題是分辨出你的能量，不受到干擾，可以繼續睡。」

小殺雙眼一亮，說：「下半夜，我也練這個。」

我笑了笑，還練呢，你能撐過上半夜還不直接暈倒，那就值得鼓掌叫好了，糟糕，突然不想睡，很想等著看某人暈倒的景象，可惜還沒找到拍立得，不然立刻拍下來，供日後取笑用。

等等，下次要跟我出來的人好像是凱恩，決定了！拍立得列為這次搜索的第二重要物資，沒拍到小殺沒關係，一定要拍到凱恩暈過去的照片！

至於第一重要，咳咳，當然是我家大哥的「王服」了。

胡思亂想之下，發現自己好像真的不能睡，要是小殺練異能練到暈倒，沒人守夜就不好了。

之前我練習的時候，冰皇總是在我快睡著的時候，小腳立刻踹過來，在那段時間，他真的睡過覺嗎？

深呼吸一口氣，我對小殺說：「我今晚先不睡了，看著你練練異能，明晚再睡，之後也是這樣，一天練一天不練，直到你學會穩定用異能警戒為止。」

小殺抬眼看來，「不會影響白天的行動？我可以回去再練，安全要緊。」

「沒事。」我搖搖頭，哪能那麼脆弱，被冰皇鍛鍊的時候，到底幾天沒好好睡，還真搞不清楚，比較起來，在家安安穩穩的練習，累了還能睡個覺，總覺得這太過安逸，沒有迫在眉睫的危險。

只有不練好異能就準備投胎的壓迫下，才是鍛鍊的好方法，俗話說得好，人的潛力都是逼出來的！

聞言，小殺不再反對，只是說：「我會盡快學會。」

我翻了個白眼，不練不知道，等你練到暈倒之後再來說這句「盡快學會」吧。不過，小殺現在的能量感覺起來，似乎正好卡在一階上下，不是很穩定，希望這次進城能夠讓他穩穩上一階。

「能量太多了，颼颼風啦。」

我把抱枕扔了過去，小殺躲都不敢躲，直直被砸中臉，還隨手把抱枕放好，努力壓低外放的能量，這麼乖的孩子到底去哪條巷子撿的，大哥你快說，我也要去撿一個！

我站起來，隨手抽了張衛生紙，然後放到他的頭上，手一放開，衛生紙馬上飄起來，在空中盤旋一圈後被吹到門邊，直接貼在門上完全不落地。

「有幾個階段讓你練，第一，那張衛生紙會盤旋在空中，軌跡重複又穩定。」

小殺皺眉，但沒說什麼。

「第二階段是那張衛生紙可以穩穩地放在你頭上，頂多是微微顫動，第三階段，你想讓那衛生紙停在哪，它就會停在哪，我是說，停在半空中，你懂吧？」

「懂。」

「這對你的難度比我更高，風是無形的，比冰更難掌控。」我拍拍他的肩，說：「不用急，這三個階段不是那麼好練的，真的練成的話，你起碼升上三階了。」

「三階？」小殺不解的問，我這才想起來，似乎沒跟大家說明階等，等回去該找個時間說說——

我猛然看向窗外，小殺一怔，反應快速地從沙發椅跳起來，我瞬間伸手凝結出一片厚冰，冰壁剛成型，一道閃光掠過後，窗戶玻璃突然整個爆裂開來，巨大的爆炸聲震耳欲聾，連屋子都震動不已。

小殺差點想撲倒我躲避玻璃碎片，手都推過來了，但他立刻發現碎片全插在冰壁上，這才把手收回去。

爆炸餘聲不斷，但都是小爆炸了，比起剛剛那一爆，完全不算什麼，我走到窗邊，朝外一看，火光四起，大約是三、四條街外，熊熊大火冒著黑煙，連這裡都可以聞到些許熱度，更別提濃厚的煙味。

「加油站爆了。」小殺看過去，不滿的說：「真浪費，這些異物爆加油站做什麼？」

我提醒道：「聽仔細點。」

小殺傾耳一聽，「人聲？」

我點了點頭，雖然隔得遠，又有餘爆干擾，但仍然隱約可以聽到人聲，在充滿異物的城市裡，發出可以傳這麼遠的聲音，肯定是慘叫了，聽起來，人數可能還不少。

「過去看看。」我看向小殺，仔細叮嚀：「但不見得能出手救人，必要的時候，我們得袖手旁觀，免得被拖下水。」

小殺點頭，看起來完全沒有良心，這話好像在罵人似的，總之，專業的就是知道該怎麼取捨，以後應該不用再多說，這夥傭兵並不需要提醒。

抓起冰槍，披上內裡插滿刀子的外套後，我們直接從陽台跳下來，這點高度對我們兩個都沒什麼問題，差別只在於我落地無聲，小殺卻還是有發出聲響。

他看了我一眼，既佩服又羨慕。

「別羨慕了，你是風能力，未來的行動能力只會比我更強而已，快走吧，不然等等連熱鬧都沒得看。」

我快步移動，但沒有化出冰刀來溜，一來是小殺會跟不上，再者，沒必要的話，實力當然是隱藏得越多越好，雖然我和分子研究所有不共載天之仇，但是他們的作風卻是可以學習的。

才跑過兩條街，明顯感覺到氣溫升高了，那大火越燒越烈，現在又沒有消防隊來救火，這一燒起碼得燒掉整條街，想想這以後可是我家，就覺得陣陣心疼。

還隔著一條街的時候，我伸手攔住小殺，不再繼續靠過去，而是朝旁邊的樓房比了比，然後攀爬上去，中途還回頭看看小殺的狀況，雖然他還沒辦法用異能輔助，攀爬的速度沒那麼快，但也完全沒有掉下去的疑慮，一抓一跳，動作都非常流暢。

結晶吃多了，力氣也大，兩根手指就可以撐起自己的體重，就算沒有異能幫忙，爬個樓也是小事一樁。

爬上六樓左右，我站在陽台上，小殺緊跟著跳上來，他看向加油站的方向，比著不遠處的馬路，說：「他們在那裡，目測十一人，有東西在追他們，速度不算快。」

我卻看向另一個方向，拍拍他的肩說：「看那邊。」

另一個方向，一大群人正安靜地快速穿越馬路，行進的速度並不快，幾乎沒有隊形可言，應該是一般老百姓，不是什麼特殊組織，人數起碼有個五、六十以上，距離比較遠的關係，看得不是很清楚。

小殺一愣，疑惑的說：「難道這些人是故意爆破加油站，引走異物的注意，好讓其他人有機會離開？是軍人嗎？」

說不定真的是，一般老百姓在這時都沒什麼能耐幹這種事，差不多只進步到逃跑不哭喊的地步，可是那些人的外貌似乎又不太像軍人，穿著打扮是五花八門，或許是天氣冷了，隨手抓些衣服來穿。

他們正被異物追著跑，數量比想像中少，頂多二十來隻，雖然熊熊大火會吸引異物的注意，卻不會讓異物想靠近火場，引爆加油站真是個不錯的主意，若不是一線都市的異物實在太多了，他們全身而退的機率很高。

那些人離我和小殺越來越近，卻離另一夥人越來越遠，方向正好是開岔出去，他們吸引越多目光，另一夥人就越是安全，但這吸引的代價卻是他們自己的命。

我觀察不過三分鐘，就有一個人被飛撲下來的異物撲倒，發出慘烈的叫聲，然後被後方追上的異物分食了。

雖然有點殘酷，但他的死卻給同伴一些喘息的時間，也不知道這個隊伍是哪個人物帶領的，就算同伴叫得這麼慘，也不能讓他們回頭看一眼，或者是胡亂開個槍，說不定小殺的推測是對的，他們可能是軍人。

「書宇，要不要躲一下？」小殺開口問：「他們離這裡太近，跟著他們的異物數量開始變多，我們可能會被發現。」

他停了一下，改問：「或者你想出手救他們？我們可能打不贏。」

確實如此，就算我能應付當下異物的數量，但正暗中觀察的異物絕對不少，打起來的動靜也不小，到時又會吸引更多異物，簡直是場打不完的戰鬥。

正猶豫不決的時候，那十人衝到十字路口，一口氣朝四面八方散開，左轉右轉不奇怪，有人拉開下水道蓋子後直接跳下去，甚至還有一人獨自爬上樓，那身手可真不錯，臉上還戴著一個像是護目鏡的東西，但看起來似乎更高科技，也不知到底是什麼東西。

「幹得好！」小殺讚了一聲，「散開才是唯一的活路。」

確實，雖然免不了有人會被追上而死，但比起大家聚在一起被一鍋端，散開來逃，說不定還有人可以幸運地逃出生天。

那個唯一一個爬樓的傢伙從樓上丟東西下來，引走異物的注意，顯然是為了讓其他同伴有機會逃生，看到這一幕，我叫上小殺。

「走，救人！」

這夥有勇有謀還願意為他人犧牲的人，正是我想收進疆域的成員！

第五章

意想不到的人

「我們分頭救人，把人帶來這裡集合，只帶安靜聽話的，只要有點抗拒跟上的，立刻放棄。」

小殺點了點頭。

「重點是別逞強，如果看情況不對，保全自己優先，真的逃不掉就大叫我的名字，我有辦法解決，真的。」

我忍不住再三吩咐，深怕小殺為了不連累我，連求援都不肯，就這麼犧牲掉，如果這犧牲有意義也就算了，最怕我明明能夠救他，卻因為無謂的顧忌而白白喪命。

小殺一口應下，看起來沒怎麼掙扎和遲疑，應該不會硬抗著不肯呼救。

時間不多了，我繼續指示：「你去救左轉和右轉的人，帶他們來這裡以後就顧著不用離開了，我去救其他人。」

直行的人有兩個，跟著他們的異物比較多，但因為爬樓的那人不斷丟東西下去吸引異物，引走一部分的異物，所以那群人暫時沒有被追上，但看樣子也撐不了多久。

爬樓的傢伙看起來情況也頗危險，選擇爬樓追人的異物身手都很好，但那傢伙倒是真的挺厲害，居然能在大樓與大樓間爬行跳躍，明明看起來身形不粗壯，力量卻很大，到底是擁有體能增強方面的異能，或者已經吃過結晶了呢……再想下去就要死人了！

小殺已經跳下樓，直奔比較近的那兩人，見狀，我也跟著跳下去，決定先去救直行的那兩人，他們離死只有五公尺這麼近，再不去就不用去了。

腳底化出冰刀，我滑在高樓的各種部分，滑過欄杆，朝窗台隨手一抓一跳，沒有多久就超過那群人，這時，我往下跳到小巷內，左右看了看，這是條死巷子，兩旁的窗戶有點高，上頭還有結實的鐵欄杆。

左手化出冰匕，腳朝牆面一踩，飛身砍斷窗戶的鐵欄杆，再一腳踹飛鐵桿，整扇窗破了一大半，這時，外頭慌亂急奔的腳步聲接近到一定距離，我收回匕首閃出巷弄，朝那兩人揮手。

他們嚇了一大跳，其中一人還差點摔倒，後方的異物一見到就立刻腳下發力前撲，我揮手射出一把飛刀，直中異物的膝蓋，讓他撲倒在地，那兩人從頭到尾都沒回頭，更沒發現這件事，沒跌倒的人繼續往前衝，跌倒的那個只顧著爬起來逃亡。

這素質真是不錯，雖然不管跌倒的人顯得殘酷，但是後方的異物近在咫尺，只要一停，就是被吃掉的命運，停下來也只是多送一條命而已，還不如趁著摔倒的人被吃時，加緊逃命，說不定能藉此活一個。

「這邊！」我催促道：「從這邊走！」

兩人立刻衝進來，發現這是條死巷，臉都黑了。

我立刻隨手比著一扇窗戶，說：「右邊那扇窗，快點！」

趁著他們努力爬牆進窗的時候，我回頭一看，異物的頭正好探進巷子，一看到我，一張歪七扭八的醜臉竟能看出欣喜若狂的表情，應該是人變成的異物無誤。

腳下冰刀一溜，我瞬間衝到他的面前，他還瞪大眼看著我，一副傻愣的模樣，然後被飛刀捅進眉心後攪爛腦子，與此同時，我的另一隻手還不忘挖胸刨結晶，不用三秒鐘，結晶就落入銀酒壺裡。

再次射出冰飛刀阻擾其他異物，我有點可惜地看著他們，幸好都是沒階的，放掉也不算太損失，反正滿城市最不缺的東西就是異物。

回頭踏進巷弄內，我一個翻身進窗，裡面兩人已經不知跑去哪了，但應該不至於走遠才對。

「出來吧，我帶你們去安全的地方，我的……」我停頓了一下，覺得應該可以消除他們的戒心，便把「同伴」改了個口：「我的男朋友很厲害，我們去跟他會合。」

兩人從廚房探頭出來，都是年輕人，雙雙瞪大眼看向我，原本是古怪的神色，但一看見我的臉，立刻露出恍然大悟的表情，還重重點了點頭，要不要這麼用表情充分表達心聲，我都懂你們的意思啦！

「快走吧！」再不走，我怕他們連「你這張臉，我可以」都要說出口了。

我走到大門邊，拉開一條縫隙朝外看，外頭什麼動靜都沒有，這可真奇怪，總覺得蘭都未免有點太過平靜了，這種平靜不會讓人感到安心，只覺得是暴風雨前的寧靜，比小打小鬧更恐怖，因為一點小波浪不算什麼，惟有暴風雨才可能把我這條船打翻。

回過頭去，兩人面露遲疑不敢跟上，我不耐的說：「你們身上連物資都沒有，難道怕我劫色嗎？你們拖越長時間，我就越慢去救你們的同伴，他們的命說不定就在你們遲疑的時候沒了！」

兩人一聽，臉色都變了，互看一眼就立刻跟上，我領著他們一路竄回去，萬幸沒遇上異物，我還能繼續裝裝柔弱美青年。

回到原本的地方時，那裡已經待著一男一女，卻不見小殺的蹤影，應該是去救另一個方向的人。

看著他們四人激動到差點抱住彼此，我沒交代任何事情，只說了句「在這裡等著」，如果他們想跑，那就跑吧，雖然疆域缺人，但絕對不可能哭求人加入。

為了當個柔弱美青年，我還特地沒從窗戶跳樓，而是走到樓梯間才跳樓，攀在窗邊，我抬頭遠望，那爬樓的人已經離這裡不遠了，甚至已經朝著另一個方向遠離，此時，異物早已追上他，幾乎只是一個陽台這麼短的距離。

他邊逃邊拿陽台上的盆栽砸向對方，還真砸下好幾隻異物，雖然是沒直接砸死，但腦袋都開了瓢，行動力大減，這準頭和力氣都真是不錯。

我當下決定立刻去救他，至於下水道的那一個，最後再去找就成了，剛才並沒有異物跟著跳下去，全被其他方位的人引走，雖然下水道本身不見得是安全的，但大都市哪裡都不安全，自求多福吧。

只是要救那人，柔弱美青年的形象不知保不保得住，但這時也顧不上那麼多，光看他扔東西吸引異物注意力這點，我就想要他！

思考了一下，我衝向那人即將跳過去的大樓側面，然後一路往上爬，到了差不多樓層時，才踹破窗戶進樓，然後衝到屋子的陽台邊。

時間把握得剛剛好，他正巧朝後方扔花盆，整個人幾乎是直接用背部撞進我懷裡，力道大到讓我退了好幾步，整個人直接撞上陽台欄杆，還好這輩子沒胸，不然這一撞，罩杯都能縮兩碼！

他……不，等等，這居然是個她！

我驚愕地看著對方的身形，雖然臉上戴著護目鏡，身形被外套遮掩，但還是可以看得出來，這絕對不是男人。

這時，她轉過身來，看著本來是想揍我一拳，但卻頓了一頓，我連忙趁這個機會把她拉進大樓裡，迴身時射出兩把冰刀，將撲過來的兩隻異物射下去。

女人看向我，但因為臉上的護目鏡，我卻看不清她的臉——等等，這莫非是夜視鏡？越看越像，護目鏡應該不會做得這麼大，看起來也不輕。

見她姿態警戒，我直喊：「快走，你的同伴都被我們救了，只剩一個在下水道，我們快去找他。」

女人一震，這次換成她拉著我跑，直喊：「這邊！」

扯著我，她跑到一樓，卻沒有找個人孔蓋掀了跳下去，而是直跑到不遠處的大樓外，敲了敲門口警衛室的門，低聲說：「張靖，是我。」

一個腦袋從桌面後方出現，他似乎沒有多少驚訝，一看見女人，立刻就站起身從警衛室出來，然後默默站到女人身旁，一臉劫後餘生的欣喜。

「現在去哪？」女人扭頭過來問。

說了一句「跟我來」，我領著他們往約定的六樓前進，只是得乖乖地走路，不能飛簷走壁，以繼續保持我的柔弱美青年形象。

回到六樓，小殺已經在裡面，他坐在單人沙發上，還開了一罐飲料，不知為何看起來有些焦躁，其他人則站在長沙發後方，根本不敢坐下來，一副隨時準備逃走的模樣。

我立刻喊「辰沙，我回來了」，讓小殺能有所反應。

小殺立刻站起來，看過來的眼神那叫一個焦急，卻又礙於冷漠的性格，只是走過來的腳步快了些，站到我的面前從上到下打量一番，沒見到受傷，這才恢復冷酷的姿態——小殺這演技真絕了！我回去就拜師學藝，只要把這功夫學成，還怕演不好柔弱美青年嗎！

我主動撲上前去抱住他，說：「我沒事，你別擔心。」然後靠在他的耳邊，假裝說情話實際下命令：「打聽主要企劃行動的人到底是誰。」

「是。」小殺輕聲應下後就推開我，「好了，別鬧。」

我「喔」了一聲，乖乖站到小殺後面看戲。

他的雙眼犀利地一掃眾人，冷道：「是誰讓你們去爆破加油站？」

我數了數，現場共九個人。

「是我。」

我帶回來的那女人竟站出來，她的臉上戴著夜視鏡，看不清楚面目，但年紀應該不老，這群人的領頭者竟會是個年輕女人？這可真了不起，除非像是靳鳳那種特殊背景的女性，否則女人在這時期要能指揮得動一群大男人，可不是很容易的事情。

她走到小殺的面前，毫不扭捏的摘下夜視鏡，露出一張年輕女性的臉來。

看著她，我瞪大雙眼，說不出話來，連呼吸都停滯了。

她……

女人開朗的笑著說：「謝謝你救了我們，我還以為這次十之八九要死了呢，沒想到居然會有救星，真是感謝大恩人的救命之恩，不過這位大恩人，你能不能送佛送到西，跟我們去找其他人？」

聞言，小殺皺眉說：「妳就是負責指揮的人？叫什麼名字？」

似乎深怕小殺不信，女人用力點了點頭，說：「我叫——」

「關薇君。」我不自覺地喃喃回答。

眼前這張臉是再熟悉不過了，化成灰都能認得，上輩子頂著它有三十五年，能不熟悉嗎？

她朝我看過來，滿臉狐疑的問：「你認識我？不可能吧，如果我看過你，絕對不會忘記的。」

確實沒有人可以忘了我這張臉，如果上輩子我曾看過「疆書宇」，絕對不會忘記這麼好看的男孩子。

明明見到「冰皇疆書天」，遇過雷神親妹妹斬鳳，我竟未曾想過「關薇君」當然也是存在的，現在最大的問題是這女人到底是誰？如果她就是關薇君，那我是誰？

莫非是像冰皇與大哥同時存在的狀況？難道對面這女人就是我自己？

「書宇？」小殺皺眉問：「你認識她？」

我搖了搖腦袋，算不上回答，更像是想搖掉滿腦子的混亂。

關薇君看了我一眼，似乎不打算追究，繼續問小殺：「能不能跟我們——」

不對！管關薇君是誰，還有更重要的事情啊！我急急的問：「媽……我是說妳媽還活著嗎？」

我的心跳得很快，上輩子，媽去得很早，但我不記得確切的時間了，那時逃亡都來不及，度日如年，對時間的觀念很差，若不是季節分明，恐怕還分不清年分。

關薇君詫異地看著我，說：「你還真認識我？我媽就在另一支隊伍裡。」

「夏震谷領著另一夥隊伍？」我冷笑道：「這倒是稀奇，趕著送死的人向來是他，這也是他唯一的優點了，這一次他居然肯帶人走嗎？」

關薇君揪緊眉，不解的說：「你在說什麼，我怎麼都聽不懂？你這個人真的很奇怪，沒時間跟你囉嗦了，無論你們來不來，我們得去和其他人會合，那邊都是老弱婦孺，我媽也在裡面，遇上怪物就慘了。」

我沉默了一下，但媽媽的事情確實比較要緊，上輩子沒能救到她，這輩子是不是能夠彌補？

我轉頭看著小殺，語帶懇求道：「辰沙，既然是老弱婦孺，我們也過去看一下吧。」

小殺皺眉，狀似不悅的說：「你就是心軟。」他朝向那九人說：「趁我沒後悔前，走！」

見到小殺答應，這九人欣喜若狂，也不再拖時間，關薇君立刻領路過去，看這狀況，說不定她還真是領頭的人。

看著走在最前方的女人背影，我心裡亂成一團。

這到底是什麼見鬼的情況！她真是我媽？但我不記得發生過引爆加油站這件事，而且她好像不認識夏震谷，這怎麼可能呢？或者她是覺得我太可疑，所以故意裝作不知情？

「書宇，你沒事吧？」小殺低聲問：「到底怎麼了。」

低聲說話不方便，我只是簡單說：「你先把戲演好就是了，我想觀察一下，沒問題就把他們帶回懷古小鎮。」

「全部帶回去？」小殺愕然道：「這夥人才九個，但另一邊至少有五十人。」

我點了點頭，要帶肯定全帶回去，這裡的九人全是青壯年，一看就知道另一夥人絕對都是他們的家人，所以他們才肯來引爆加油站讓其他人逃，若是要帶回去，就只能通通帶走，不可能只帶這九個走。

小殺似乎自行想通了，不再多問。

他的信任卻讓我更是心悶，觀察什麼的都是藉口，不管怎樣，關薇君和嫣是一定要帶回去，但我卻不可能只帶她們兩個，兩名女性是絕對不可能願意跟著陌生團隊走，所以只能把所有人都帶回去，但如果這夥人真的有危險性呢？

不管這整個計畫是不是「關薇君」策畫出來的，感覺都不是好事，如果真是她，我可不記得自己在末世半年的時候就可以指揮眾人做出這種行動，就連夏震谷都沒這種號召力！

如果這計畫不是眼前這關薇君策畫的，那麼又是誰？

不行，我不能這樣冒冒然就把人帶回去，太危險了，這些人加起來足足有六十個，比疆域的人多了數倍，如果他們真有惡意，有可能危害到疆域一行人，我絕不容許這種事發生！

上輩子，我是關薇君，但現在，我是疆書宇！

沒走多久，我們就追上前面那夥人，他們行進的速度真是太慢了，一個個攜老扶幼，還有傷員，如果不是關薇君領人去爆破加油站，引走或嚇跑異物，他們還真的沒有可能逃離這座城。

這也顯示這女人有多可怕，她竟能領著這群人逃到城市邊緣來。

遠遠地，我看見一個熟悉的身影，忍不住加快腳步，她似乎也注意到我，激動的神色一覽無遺，她脫離大隊伍，朝我急跑過來，有好幾人注意到她的舉動，一眼看過來，馬上激動地跟著衝過來，顯然是那九人的親屬。

她越跑越近，我看清她的臉，和記憶中一模一樣，眼淚忍不住奪眶而出。

「小君、小君啊！」

媽……媽！我好想妳，真的好想妳……

媽卻越過了我，緊緊抱住別人，熟悉的母親和熟悉的女兒，但被母親抱在懷中的女兒卻不是我。

看到這一幕，我有點恍惚，竟不知自己到底是誰，難道我真的只是疆書宇，關薇君不過就是一場夢？

一個人影朝我衝過來，我帶著怒氣，想把對方摺倒後凍成大冰塊，直到聽見熟悉的聲音，才及時停手，任由對方把我的臉壓進他的胸口，我順勢用對方的衣領把淚抹去，周圍都是抱在一起的親人情人等等，我們不算顯眼。

幸好，小殺的反應夠快，不然我一個人愣在當場，臉上帶淚，還不知怎麼解釋。

「書宇，你怎麼了？」小殺帶著憂慮的語氣問。

我深呼吸一口氣，快速解釋：「我在夢中扮演的普通女人就是那個關薇君，所以我有點混亂，抱歉，接下來不會了。」

小殺沉默良久，只說：「『那個』也算是普通女人？」

呃，我哪知道這個「關薇君」是哪邊突變了，上輩子我就是普通上班族，最多是在男朋友重傷後，領大家逃亡而已，絕對沒有領著敢死隊炸加油站這回事！

「咳咳！」

我扭頭看過去，關薇君正拉著母親的手，兩人一起看向我和小殺，媽的表情還帶著點尷尬，顯然不是很習慣看見兩個男的在一起。

「你們感情真好啊！」關薇君讚道：「也難怪，你的小男友這麼好看，配上你這樣的大英雄，真是郎才郎貌、天作之合呢！」

別頂著我的臉說這種諂媚的話……

小殺冷冷的說：「別廢話，你到底想說什麼？」

關薇君眨著眼，柔聲柔語的說：「這個嘛，小女子有點小小的請求，這位大英雄，不知道您能不能送我們這些柔弱女子出蘭都呢？」

其他人全都看向她，那表情經典得我都不忍說，估計這六十個男女老少無論是誰都比她更像個柔弱女子。

小殺僵著臉說：「你們有一半以上是男人。」

「在您這種大英雄面前，我們通通都是女人！」

「……」

喂喂，妳後方三十個以上的男人都快淚奔啦。

看著眼前這熟悉的臉笑得嘻嘻哈哈，我總覺得違和感十足，自己以前真是這副模樣嗎？

不不，絕對不可能，末世初期，雖然夏震谷還沒這麼早開始搞七捻三，頂多是搞搞曖昧，但我也絕對笑不出來，只記得那時又恐慌又害怕，別說笑，根本隨時隨地都忍著不哭。

如今，關薇君在這裡，媽也在這，卻不見夏震谷，我搞不懂這個關薇君到底是怎麼回事，而對方足足有六十人，遠超過疆域的人數，太危險了，但是媽卻在這裡面……我握了握拳。

「書宇，過來。」小殺抓著我就走，我乖巧地跟他走到一旁去，然後「乖巧」這詞立刻換人用。

小殺彷彿在詢問上司下一步該怎麼做，問道：「你要直接帶他們回去嗎？」

我皺眉，搖頭道：「我想先探探他們的底，你覺得那個關薇君是不是有點問題？」

「那個女人是不太對勁，」小殺也同意，「乍看是個普通的女人，但走路的姿態和手上的薄繭看得出有練過，只是不知道是練哪一路的，但應該也不是靠身手吃飯的職業，她沒有我們這種隨時注意可藏人角落的警戒心，只是業餘的。」

聞言，我感覺更不妙了，這個關薇君居然還練過呢！上輩子我到底練過啥了我？大概只練過打字速度吧！

小殺走近一步，像是說情話，輕聲提醒：「書宇，他們一直在看我們，你得快點下決定。」

我皺了皺眉，說：「我們照原定計畫去百貨公司，他們住在蘭都，又有女性，肯定比你清楚這附近哪邊有百貨公司，讓那個關薇君領路，其他人可以幫我們拿東西。」

「他們的人太多了，沒辦法一起行動。」

我想想也是，六十個人的目標太大，就算附近不知為何異物數量不多，這麼多人還是無法順利行動，否則關薇君也不需要去爆破加油站了。

「讓老人小孩和傷員去附近安全地方待著，其他人跟我們過去。」我倒是不擔心找不到安全的地方，那個關薇君既然能領著這些人逃到這裡，找個安全的地方應該難不倒她。

小殺不解的問：「百貨公司有什麼東西是你要的？」

「有，ＬＶ、香奈兒和 BURBERRY 什麼的。」

「……認真的？」

「當然。」我想了想，說：「對了，還要裁縫機和針線相關的東西，百貨公司一應俱全，不去那裡要去哪？」

本來還想著兩個人四隻手，拿不了多少東西，現在變成六十個，搬空一層樓都夠了。

小殺一臉的不解、滿心的糾結，但還是應下了，他走到那群人面前開口問：

「哪邊有百貨公司？」

關薇君好奇的問：「百貨公司？你想去那裡做什麼嗎？」

「搜刮物資。」小殺簡單的說。

「出城以後再去別的地方找就好了。」關薇君不贊同的說：「蘭都太危險了，我們應該盡快離開這裡。」

我搖頭道：「其他物資還好說，但外面已經沒有多少食物，都被搜刮光了。」

關薇君一愣，「全沒了？」

「少數或許還能找出一點，但要長期填飽肚子的話，恐怕沒有辦法。」

我特意看向她身後那群人，眼神流露出擔憂，這情緒可不是假的，這群人要吃的份量不少，雖然疆域的物資多，但也不能坐吃山空，看來除了組織人手進城搜刮物資，還得及早開始種田。

雖然我要的那些植物八成還沒進化完整，但現在的植物還不夠強，可以種出來吃，只要注意不要讓特別強的植物長大，以及在黑霧來之前要搶收完畢。

關薇君揪緊眉頭，不太情願的說：「好吧，那去趟超市好了。」

「普通超市容易被搜刮一空，百貨的超市多半在地下樓層，我想大部分人都不敢下去。」

關薇君恍然大悟，喃喃：「這倒是挺有道理的。喂，妳們知不知道附近有沒有百貨公司？」

她居然轉頭問其他人，身為一名女性，不知道百貨公司在哪裡，妳這樣對嗎？說好每年必病一次的週年慶失心瘋呢？

其他女孩一聽到百貨公司，難得精神一振，嘰嘰喳喳起來。

「附近啊，環舟百貨吧？」

「環舟多老了，當然是去帝緻，最新的貴婦百貨啊！」某個女孩激動的說：「我以前只敢去樓下的美食街，根本不敢逛樓上的專櫃。」

「可帝緻比環舟遠啊，隔了兩條街呢。」

「我記得帝緻有個很大的超市！」

小殺一口咬定：「那就去帝緻，老人、小孩和傷者留下，其他人都跟來。」

說完，他用眼尾瞄過來，我輕輕一個點頭，卻同時發現關薇君正好奇地看著我們，我連忙轉變表情，一副乖巧懂事怕生人的模樣，然後躲進小殺身後，真是懊惱自己動不動就露出破綻，幸好外貌夠花美男，不然早穿幫了。

「可以留幾個年輕人嗎？」關薇君冷靜的提出要求：「我怕有突發事件，老弱婦孺應付不來。」

聞言，小殺直接環顧眾人一眼，點了五個有去爆破加油站的人，用命令的語氣說：「你們留著。」

那五人愣了愣，竟回頭徵詢關薇君的意見，見她點頭才同意留下……末日的女人是不是只有上輩子的我特別廢？

我想了一想，也實在不放心媽媽，索性從外套拿出一堆小刀短匕飛鏢等等，全扔在那五人手上，雖然身上還有一把撿來的槍，但在蘭都開槍的後果難以預料，不清楚這夥人的戰力之前，還是別給他們，以免弄巧成拙。

「這些給你們用吧。」

所有人一臉見鬼的看著我，我無辜的比著小殺，說：「全都是幫他拿的，好重呢！」

眾人恍然大悟。「難怪你揹著這麼長的欄杆卻都沒拿來用，原來不是你的東西。」

這……我只是用不上而已，難道你們不覺得這根欄杆的風格與其他製作精良的武器很不搭調嗎？

關薇君撿著看那些武器，竟笑著說：「我的老天，你根本在拍電影吧？這可不是隨便能找到的玩具，全都是真的，你該不會是殺手之類的東西吧？」

「小君，妳在胡說什麼！人家一定是武術高手！」媽著急的說完，又扭頭對小殺說：「真是不好意思，我家女兒口沒遮攔，總是胡說八道，您別在意。」

媽睜眼說瞎話的功力還是這麼高，哪個武術高手會帶著一大堆凶器亂亂跑？說好的武術呢？

關薇君卻嘻嘻笑著說：「大恩人哪會在意我這等小人物說的話，媽妳就是太緊張了啦！」

小殺只是淡淡地看了她一眼，什麼話都不說，冷酷高手範發揮得淋漓盡致。

見小殺真沒有在意的意思，媽鬆了口氣，對女兒無力的說：「小君妳啊，連這種日子也能過得笑嘻嘻，從小就沒心沒肺，這個性也不知怎麼養出來的。」

確實是沒心沒肺，我心中點頭同意，都世界末日了還這麼笑咪咪的，如果不是裝出來的，否則就是個傻大哈！

這個關薇君到底是哪種人，我還搞不清楚，看著似乎不是個笨蛋，還能指揮整個行動，卻又好像不是心思深沉的人，真要說，大概是個樂觀過頭的傢伙吧。

我仍有疑慮，這個性真的能當好領導人嗎？夏震谷也是屬於激昂亢奮的性格，在一堆死氣沉沉的逃亡群眾中，顯得特別引人注目，就算他常出餿主意，但在一堆連話都不敢講的人群中，他的振振有辭，口口聲聲「相信我沒錯」，總是能吸引一些人跟著走。

我看向關薇君，心中有股殺意，如果這傢伙是夏震谷……不，不可能，夏震谷那傢伙並不是這種個性，兩人還是不一樣的，連點眼熟的感覺都沒有。

接下來，關薇君安排一切，小殺也只有提出一些建議而已，那女人果然不是省油的燈，她拿出地圖來，領著眾人到最近的一間倉儲去。

那是間迷你倉儲公司，門口只有一隻異物，看著應該是警衛，還弱得很，小殺一匕首就爆了他腦袋，還順便收穫眾人的崇敬，除此之外，連隻老鼠都沒有，但卻有許許多多的門鎖。

這夥人似乎也挺習慣，老弱自己找到位置藏好，年輕人躲在最靠外邊的地方，看起來十分警戒。

關薇君和其中一名留守的年輕男人說：「泰文，我媽就交給你了，說好我帶大家出城，你們要顧好我媽，她要掉了一根頭髮，我就揍死你啊的。」

媽站在一旁，看著有些不好意思，勸道：「大家人不錯的，小君妳別總欺負這些年輕的孩子。」

年輕什麼，那個叫泰文的，看起來比關薇君還大一些！

「放心吧，薇君。」泰文推了推眼鏡，「除非我死，否則阿姨不會有事，但妳也要記得如果我死了，妳得照顧我老婆的話。」

聽見這話，關薇君很自然的「當然」了一聲，隨後朝著媽身後的女人笑了一下，「你老婆反正就跟我媽一起走。」

聞言，泰文也放心地點點頭。

「走吧。」關薇君對小殺說：「快拿上食物就走，我可受不了蘭都了，如果不是機會好，我們根本走不出來，雖然你很強，但絕對不要小看這裡。」

小殺只是淡淡的點了頭，說：「帶路。」

關薇君二話不說，領著二十來個年輕人就走，這氣勢都不輸給小殺，更別提是上輩子那個夏震谷。

我的心情好複雜，看著自己的臉做出種種不像自己的舉動，卻比以前的自己強多了……等等，如果是這個能領頭服眾的關薇君，她八成是看不上夏震谷吧？

如果她看不上，那表示他們根本沒交往，當然夏震谷也不會在這裡了！

果然眼睛的人只有我，心情更複雜了怎麼辦……

「一直看著我做什麼？」

我一怔，抬起頭來，關薇君不知何時落在隊伍中段，走在我的旁邊。

她歪著頭笑道：「雖然你長得好看，我也喜歡看，但我不喜歡年紀小的喔，而且你還是大英雄的小男友，我可不想下一秒被送去地獄，所以你喜歡我也沒有用的啦！」

胡說八道什麼啊，難道我會想跟「自己」當男女朋友嗎？光看著自己的臉，親都親不下去啊，更別提後面更限制級的……光是想想，臉都黑了，這情況太驚悚，絕對不能發生！

「薇君姊妳別亂說啦，等等人家生氣。」一個年輕男子不安地看了前方的小殺。

我看了對方一眼，發現是那名跑向下水道的傢伙，關薇君好像叫他「張靖」？年紀看起來不大，搞不好是個還沒出社會的大學生。

關薇君笑道：「沒關係啦，書宇不會跟我計較的啦，」她看過來，好奇的問：「你叫書宇對吧？聽大恩人叫了好幾次，你真是我看過長得最漂亮的男孩子。」

關薇君的笑容十分男孩子氣，我怔怔地看著她，一個熟悉的感覺突然閃過腦海，卻怎麼也抓不住……

「你真的很容易看著我發呆耶！」她揪著眉說：「拜託你可千萬別讓大恩人吃醋滅了我。」

她這麼一說，連旁邊的張靖都緊張了起來。

我連忙說：「辰沙不會的，他很相信我。」

關薇君不解的問：「一直聽你叫塵沙，該不會真的是泥土的意思吧？」

「是星辰的辰。」

她「喔」了一聲，「我還以為怎麼會有父母把孩子取名叫做塵土泥沙的呢，不過就算只是諧音也不好聽啊，這取名功力也太差了吧。」

辰沙，塵沙？相較於小殺那位大哥的「皓」，或者黑影人的「洋」，「沙」真的是很差的一個字，看來，小殺生在大家族卻能慘到被大哥從暗巷撿回來，根本是打從出生就受到厭惡了吧。

「書宇！」小殺突然一個喊聲，回頭朝我招手。

見他的神色不對，我立刻皺眉走上前去，不需要他的更進一步說明，我已抬頭望向該看的地方。

遠處有十來幢大樓群，坐落成弧形，全被白色的條狀物纏得牢實，那些條狀物上有許多黑點在移動，但距離太遠，看不出來實際形體，而在弧形的中央有一顆白繭，因為距離遠又在大樓中間，被襯托得小小一顆，但實際長寬應該至少超過三公尺。

「我們很早就發現那東西了。」關薇君走上前來，提醒道：「不要靠過去，那邊的怪物很多，可能是蜘蛛群吧，但只要離開一定距離，這整個區域的怪物反而比其他地區少了很多，所以我們才有辦法突破到這裡，只差一點點就可以出城。」

說到最後還帶著點抱怨，聽起來不是很樂意去百貨公司，但我根本不在意她的解說，我很清楚眼前是怎麼回事——那傢伙在進階。

這應該是群聚且會產生「王」的異物群，原本是蜘蛛群的可能性不小，雖然都市地區以人、鼠或者犬類等等的異物比較多，但不時也會有突變體，我還聽過有螃蟹占領內陸城鎮，八成是海鮮餐廳來不及宰殺的。

「書宇。」小殺喚了一聲。

「嗯？」我不在意的回應，眼神仍舊看著空中的大繭。

「數量有些多。」一旁有人，小殺只能說得模稜兩可，但眼神是濃濃的擔憂，似乎很怕我會直接衝過去。

我垂下眼簾，不可否認，那瞬間還真的有點想獨身去狙擊那隻異物，他正在進階，聲勢這麼大，底下護衛的異物又多，說是升二階誰信啊，十之八九是升三階，這麼高等的異物，吃了他的結晶能不能升個階呢？

大哥已經上一階，但離二階還有點距離，如果有這顆結晶，說不定真的可以跳二階……

「書宇。」小殺扯住我的手臂，滿臉的憂心。

我看向小殺，心裡想到在迷你倉儲等候的媽媽，只能心中暗暗嘆氣，隱晦的回答：「我不害怕的，你別擔心。」

聽到「別擔心」這幾字，小殺這才放鬆表情，點點頭，卻還是不肯放開我的手，看來偷跑前科太多，保證會乖乖不衝動行事都沒人信了。

「你們感情真好。」闕薇君羨慕的說：「看得我這單身狗都想找個男朋友了，大恩人，如果你突然想變性向喜歡女人，要記得第一個找我喔！」

小殺和我同時看向她，這話是要祝福我們分手嗎？這女人的神經還能更大條嗎？就連她的同伴看著都是一副「我已習慣」的聽天由命樣，看來這傢伙沒少幹這種沒神經的事。

闕薇君似乎也發現自己說錯話，哈哈笑，竟還不是尷尬的笑聲，只是覺得自己說的話很好笑，這女人的粗神經真是一種異能。

「辰沙，百貨公司到底在哪裡？我們快把東西拿一拿就走吧。」

我故作害怕樣的催促，深怕再這麼待下去，真的會忍不住想衝去砍大繭，快升三階的異物結晶簡直太有吸引力了，不知不覺就眼神飄口水流什麼的，還是快走吧。

小殺看向闕薇君，後者說了句「快到了」，立刻帶路過去，沿路上都沒有異物，原本我還挺疑惑，見到大繭後終於明白了。

她特意走在靠近大繭卻又剛好不會驚動那些護衛黑點的區域，所以才能一路無事，真不愧是領著六十人出城的傢伙，難怪其他人會這麼信服她，這能耐可真高。

但這種能耐應該是要隨著時間顯現出來的，若一開始眾人不肯聽她的指示行動，再有能耐也無用武之地，而一個帶著母親的女人，到底該怎麼讓這麼多人聽她的話去做？

看向前方領路的關薇君，她最好有個好理由說服我，否則，我還是會帶她回去，但絕不介意軟禁她一輩子！

關薇君似有所覺，猛地轉過頭來，眼神銳利得不像個女人。

我裝傻的偏頭一笑，成功驚豔全場。

……總覺得好像哪裡不對。

第六章

拳頭就是硬道理

百貨公司大門看起來空蕩蕩，但兩邊的櫥窗玻璃破碎一地，連同櫥窗內擺的東西都東倒西歪，顯然有東西闖了進去。

見狀，闞薇君回頭看向小殺，問：「你能解決多少怪物？」

小殺自然不會先洩底，謹慎道：「妳先說。」

闞薇君深呼吸一口氣，快速交代：「速度不快的可以三隻吧，速度比較快的怪物就剩一、兩隻，但有些異物特別厲害，這就不知道了。」

隨後，她比著張靖，說：「他跟我相反，速度快的怪物能應付兩隻，但皮厚力大的就一隻都弄不死，其他人大概能兩個人對上一隻，短時間內不被弄死，能不能弄死怪物就看運氣了，但這些都是指一般狀況，怪物的強弱差太多了，一隻就讓我們全部拔腿就跑的怪物也很多。」

這實力可真不錯，我有點震驚，這個闞薇君竟能對上三隻異物？上輩子的這時期，我還用著掃把棍綁菜刀在旁邊打醬油啊！

小殺點點頭，淡淡的說：「一般的怪物，我能應付六隻，強一些的，四、五隻，更強的就難說了。」

這話一出，所有人的神色都變了，一臉的瞻仰高手，只差沒叫娘子出來看上帝了。

其實，小殺還是隱藏實力了，我猜想，八隻應該在他能輕鬆應付的範圍內，若不要求毫髮無傷，十幾隻應該也能拿下來，雖然他還沒上一階，但也很接近了，無形無色的風異能又太適合戰鬥。

小殺冷著臉對眾人說：「現在就進去，我會出手，只有一個要求，你們有十個人得拿我要的東西，不管我要拿的是什麼，都不准有異議。」

這招倒是好，畢竟我要拿的東西實在不是民生必需品，就怕這些人不肯配合，到時在裡面鬧起來，更加耗費時間。

關薇君立刻點頭同意，一丁點猶豫都沒有，這也很可以理解，若沒有小殺，別說來搜刮物資，恐怕他們得多死上好幾個，就是全死光也不意外，現在人都活著還有東西拿，也該知足了。

「走！」

小殺低喝一聲，率先衝進破碎的櫥窗，緊接在後的是關薇君和其他人，我選擇墊底，免得無緣無故就減員。

雖然我對這夥人和關薇君都有所警戒，但其實到目前為止，他們給我的感覺相當不錯，一般人能有這樣的紀律，真的是超水準，但這也讓我更忌憚關薇君，只是忌憚歸忌憚，人才還是要好好保護，就算不收入疆域，起碼也能讓人類多點籌碼。

輕微的聲響傳來，聽著竟像是拳頭打中肉的聲音，我覺得有點怪，小殺應該不會用拳頭揍，他的力氣並不大。

我急忙跨入櫥窗，裡頭已經打起來了，撲上來的異物倒是眼熟，一隻隻看著像腐爛的屍體，乍看還以為這是喪屍末日！

不過，仔細一看就會發覺那根本不是腐爛，只是血肉發紅起皺流著汁水，肢體扭曲，還帶著腐爛的臭味，但雙眼卻十分有神，絕對不是死物的眼睛，這種異物也很乾脆地被直接取名叫「喪屍」，頗常見的一種異物。

等到更一步進化後，他們的肢體就不會如此扭曲，皺摺血肉會形成厚厚一層皮殼，一身汁水進一步化成黏液，滑不溜手很不好打，還動不動就逃走，加上臭味沖天，算是相當不受歡迎的異物，就算是獵進化結晶的人都不大樂意看見這種異物。

但很顯然，對末世初期的人來說，這種異物並不常見，他們嚇得臉色蒼白，女人和幾個年紀輕的男人看起來都要吐了。

小殺衝在最前方，以一擋五，但這些異物沒有朝他一擁而上，有六隻朝著其他人衝過來，即便小殺射出無形的風刀，也不過引了一隻回去。

他朝我瞄過來一眼，我眨眨眼回應，也不知傳遞了什麼訊息，他就自顧自的去解決六隻異物，不管衝過來的這五隻了，其實我只是裝個無辜，沒說要出手啊，真是一點默契都沒有。

我無奈地在手中化出冰飛刀，想偷雞摸狗在這些人對付異物的時候射出去，讓他們以為是自己殺的，奈何他們呆在當場，動都動不了。

我太過高估這群人，就連那個張靖都嚇得臉色蒼白，說好的可以對付兩隻呢？小殺是把實力往低裡說，你們居然是把自己的實力說高嗎？

眼見就要死人了，我也顧不得隱藏實力，正想出手時，一道身影衝了出去。

「發什麼呆啊！」

闞薇君怒道，惡狠狠地扯開一個快被撲上的女人，然後右拳就朝著喪屍揍下去，那隻喪屍被打得飛出去，落地後不停翻滾慘叫，我仔細一看，沉默了，那傢伙的眼珠子都被打出眼眶，正掛在臉上要掉不掉的。

回頭一望，闞薇君伸出手想抓住另一隻喪屍的腦袋，但沒料到黏液太過滑溜而失了手，那隻異物撲到她身上，張嘴欲咬。

見狀，我化刀為針，一把五根全射出去，分別擊中異物的手肘肚腹，冰針幼細沒多大傷害力，只能阻一阻異物的動作，讓闞薇君有時間反應過來。

她再次用手去抓對方的腦袋，只是這一次，手指直接從眼眶插進腦殼，黏液再滑都沒用，接下來，她的拳頭狠狠往喪屍的臉上砸，一拳兩拳三拳最後直接打穿，白色腦漿混著血肉噴了一地。
現在我明白她是怎麼服眾的了，大約就是——不服來戰？
另一隻喪屍撲過來，她轉過身去一手抓腦袋，一手拳頭猛砸，不用幾拳就可以爆掉一顆腦袋，可惜接下來的喪屍不再自動送上門，小心翼翼在周遭試探攻擊，或者乾脆轉移目標。
這對關薇君來說，似乎是個大難題，她能輕而易舉地打爆對方的腦袋，但問題卻在於她再也沒能抓住任何一顆頭，難怪她會說速度快的異物只能解決一兩隻，實在是她空有力氣，但是卻沒有足夠的戰鬥實力，「抓住」比「打爆」要難多了。
赤手空拳就能打爆異物的腦殼，連小殺都做不到吧，這絕對是力量異能，不是視力，居然連異能都不同，這個「關薇君」真的不是我。
所以，她到底是誰？
小殺在前方割腦袋，關薇君在後方砸腦袋，這恐怖片場景終於讓其他人醒過來，張靖雙腿一曲，用力彈了出去，像個袋鼠跳來跳去，此時的喪屍行動不算快，根本抓不住他。
偶爾，張靖彈到喪屍旁邊，對方又來不及反應的時候，他會出手割對方一下，但沒多大效用，雖然現在的喪屍還沒進化出真正的皮殼，卻也不是隨手割割就能幹掉，比起小殺的一割斷頸，張靖簡直是在幫喪屍刮痧，只割出紅痕，還不見血。

但他至少可以拖時間，在其他人有危險的時候，過去吸引喪屍的注意，然後努力試圖解決對方，雖然多半是等待關薇君收拾完手上那隻，再過來幫忙爆頭。

二十多人都拖著怪，等關薇君來撿頭，這不服她都不行啊！

見他們不會有事，我看向小殺，結果只來得及見他一腳踹倒喪屍，匕首插進去，然後頭也不轉地射出風刃，打中最後一隻喪屍的面部，把他的腦袋切掉右一半，因為沒全部搗爛的關係，喪屍並沒有直接倒斃，而是一屁股坐在地上，歪七扭八的想爬起來，隨後被小殺用風刃轟爛。

他本來還想用匕首刺，被我一瞪才改用風刃轟，看來要扭轉這些傭兵的戰鬥習慣，恐怕連美工刀都不該留給他們。

解決完六隻喪屍，小殺衝過來，接手剩下的兩隻，這次，他老老實實用風刃解決喪屍，兩道風刃齊發，正好砍中兩隻喪屍的臉，控制力很不錯，但同時出兩道風似乎讓威力減弱了，那兩隻喪屍都沒有直接斃命，只是沒了半顆腦袋，在地上抽搐扭動，等待小殺前去收割。

滿地的異物，雖然沒有一階，但就這麼放掉結晶也太過浪費，只是我不想當著這群人的面挖結晶，還想探查一下他們到底知不知道結晶的存在。

「你好強啊！」關薇君閃著星星眼，一臉崇拜地看小殺。

小殺反射性搖頭說：「根本不夠強，更強的人……」他停下話來，努力忍著不看我，說：「很多。」

眾人皆是一副不相信的神色，但卻不敢反駁小殺說的話，只有關薇君沒心沒肺的笑說：「大恩人真是太謙虛啦，看你的外表完全不像是謙虛的人耶！」

這是誇獎嗎？看看旁邊，妳的同伴都快哭了！

小殺也沒有計較這話，只是看向關薇君的手，白腦漿紅鮮血臭氣沖天，完全是一雙殺人魔的手。

「我也不知道為什麼，就有這麼大力氣了。」關薇君一邊甩手，一邊老實交代：「張靖是很能跳，其他人還有一些林林總總的小能力，但都沒什麼用。」

沒用的「其他人」默默淚流。

那個泰文的能力呢？我看著關薇君，這傢伙果然還是有點腦袋，並不如表現出來的那麼傻大姐。

小殺淡淡的說：「我可以用風割東西。」

關薇君顯然也猜到了，她點點頭，不解的問：「但你的能力明顯比我們的強很多，有什麼方法可以增強能力嗎？」

我的臉扭曲了一下。等等，妳居然沒吃過結晶？這麼大的力氣沒吃過結晶？我寧願相信她是在騙人啊！

小殺淡淡地瞥了她一眼，什麼話都沒回，但也沒有去挖結晶。

闕薇君摸摸鼻子，說：「我們快去超市拿東西吧！」

「小殺，我要上二樓。」我扯了扯小殺的衣袖。

闕薇君疑惑的問：「二樓會有什麼東西可以拿？超市不是在地下室嗎？」

妳連二樓有什麼都不知道嗎？身為一個女人，就算沒辦法從百貨公司地下室專櫃一路唸到頂樓，至少也要知道一樓化妝品，二樓售精品，三樓開始賣衣服吧！

我理所當然的說：「就精品專櫃啊，那裡有我喜歡的衣服，以前買不起，現在可以免費拿，當然要拿囉。」

其他人愣然看著我，連大剌剌的闕薇君都愣住了，但不知為何，發愣完又狐疑的看著我，到底在狐疑什麼呢？應該不是看穿我的柔弱美青年偽裝了吧？

「快點，我有好多東西要拿，外套衣服褲子都要！」

我躲到小殺背後，努力裝出任性傲嬌無理取鬧來，顯然這次的演技算過關，眾人的臉色都不大好看，只是礙於小殺，沒人敢直接反駁。

小殺冷道：「你們可以選擇先跟我走，再去樓下的超市，或者十個人跟我走，其他人自己去超市。」

眾人臉都黑了。

關薇君看看小殺又看看我，立刻決斷的說：「不管大恩人想去哪，我們都跟定你了！」

大剌剌、粗神經、會救同伴會保護老弱，居然還挺識時務的，這個人若不是關薇君，只是無關的人士，我應該老早就決定帶回疆域。

上了二樓，這裡沒什麼異物，空空落落的，也沒遭到多少破壞，想來也是，二樓太過靠近，從二樓幾乎可以俯瞰整個一樓，再沒腦袋的異物都不會讓另一群異物待在自己頭頂上，要知道，餓到極點又找不到沒有異變的血肉時，異物的食物就是另一群異物，不同種先吃，真不行，同種也照吃不誤。

在二樓左右張望了一下，我立刻找到自己最主要的目標，以前差點在這裡咬牙用兩個月薪水買下一件外套給夏震谷，幸好沒買，不然後來我肯定給自己重重一巴掌把牙都打掉。

衝進奢華的專櫃，我土豪般一揮手：「全要了！」

眾人的臉更黑了。

那是滿滿一排軍裝款式的長風衣，上頭標價有一堆零，末世初期，就算這些風衣隨手可拿，卻是沒人要的東西，末世的冬天太冷，越是厚重的大衣越搶手，風衣這種秋冬之際穿的東西，根本乏人問津。

過兩年才會有人開始搜刮這些衣服，因為結晶的功用被發現了，吃多結晶的人漸漸不怕冷，到那時，穿風衣的人不少，有的是高手，有的是假裝高手。

現在的疆域成員穿這個卻是剛剛好，軍裝風格的外套又酷又帥，只要稍微改動一下，再統一加上疆域團徽，咱們天兵團不就有統一的制服了嗎！就算內裡很天兵，外表也能威死人不償命！

「你確定要這個？」關薇君又是一臉的狐疑，「穿這個不冷嗎？現在愛美可不是流鼻水而已，是真的會凍死喔？」

我一滯，硬拗道：「變暖以後就可以穿了！」

「但你怎麼確定天氣真的會回暖？」她卻更懷疑的說：「今年冬天太冷了，泰文一直唸著很不對勁，他很擔心天氣會持續冷下去，短期內不會變暖了，可能是啥小冰河時期，我是不大懂，但冷成這樣，真的很奇怪。」

妳這洞察力還給不給人當柔弱美青年了！我裝作震驚無法接受，不滿的說：「怎麼可能會一直冷下去，肯定會回暖的！妳不要胡說八道。」

其他人努力壓抑不滿的眼神，但都是年輕人，演技不過關，或多或少都看得出不高興，唯有關薇君不同，她只是看著我，彷彿在端詳一件商品的質量過不過關，突然，她一笑，說：「承你吉言，一定會回暖！」

我實在搞不懂這女人的腦迴路……

「好啦，好啦，大家拿衣服吧。」關薇君見眾人慢吞吞不是樂意，對他們翻了翻白眼，催促道：「都答應人家要出十個人拿他的東西，管他想拿什麼呢，又不是我們的，動作快點，欠揍是不是？想飛去黏牆壁嗎？」

大夥這才動起來，風衣、長褲和襯衫等等全部掃空，尺寸都不看，反正全拿就是了，以後總用得上的。

我想到團裡的女性成員，自家可愛的君君當然要穿百褶裙；嬌嬌是氣質長裙；火辣的百合必須是迷你裙；還有雲茜，呃，拿短褲吧。

咦，居然有夾腳拖！銀白色的款式簡單又大方，就是這個，君君肯定准我穿，收了！

拿拿拿……直到肩膀被拍了拍，我回頭一望，小殺抱著堆成山的衣服，再往後一看，大家的腳邊都放著行李箱，手上還拿著山一般的衣服，人數好像超過十個……

「十二個了。」小殺平靜的說：「我答應送他們出城，換來兩個人拿東西，但不能再多拿，否則走不了路。」

我「喔」了一聲，一個不小心就失心瘋，拿東西不用付錢什麼的，真是太愉快了，最後伸手抓起一雙長靴抱在胸口。

小殺一瞥，提醒道：「尺碼太大了。」

「給大哥的。」

聞言，小殺特別關注靴子一眼，點頭說：「合適老大。」

當然，這種一腳能踹死人的高調軍靴最適合大哥了！

關薇君的腦袋插了進來，閃亮亮地看著我們兩個，一臉我也要聽八卦。

「……」小殺撇過臉去，「下樓，去超市。」

關薇君頗感可惜的「喔」了一聲。

經過走廊時，我偷瞄一眼樓層標示，縫紉教室在九樓，這倒是麻煩，帶著這麼多人上九樓，耗費的工程實在太大，為了幾台縫紉機，似乎有點不值得。

我想了想，決定先放棄，在懷古小鎮搜一搜，搞不好就能搞到幾台縫紉機，好歹是個鎮，總有些擅長縫紉的賢妻良母吧？若真找不到，下次凱恩跟來的時候叫他扛幾台回去就是了。

「去超市吧。」我回頭一望，笑說：「補充一點巧克力。」

眾人的臉色就像在看王子病患者，就算看著我這張臉都沒法讓他們有好臉色。

唯有關薇君，她朝我露齒一笑，絲毫沒有看輕的意思。「我倒是很少吃巧克力，等等你給我推薦一些吧。」

我笑了笑，應了聲「好」，這樣的女人，真難讓人討厭。

接下來去超市倒是無驚也無險，只有一堆鐵甲蟑螂，但現在的蟑螂群不是什麼恐怖的東西，小殺的風刃掃過去就翻了一大片，關薇君的拳頭再砸下去，滿地都是蟑螂泥。

接著，大夥就開開心心拿東西不付帳，大部分人都拿了保存時間久的食物，就連那十二個拿著衣服的人都忍不住往口袋放些吃的，他們看著非常想把手上的衣服全扔掉。

關薇君翻了他們幾個白眼，然後朝著小殺的方向撇了撇臉，像是在問「你們確定要扔嗎」。

鬱悶的十二人只好眼睜睜看著同伴們大肆搜刮，我扔了幾條巧克力到他們捧著的衣堆上，提醒：「你們可以用衣服包體積小的食物，找高熱量的，巧克力糖果最好，天氣冷，那些高熱量的東西能保命。」

眾人看著我，一臉欣慰，彷彿我還沒王子病末期，有得一救。

巧克力都被搶光了，我拿了幾包牛奶糖，書君愛吃這個，雖然當初買了一大堆，但多備一些總是沒錯，之後可是沒人做得出牛奶糖這種東西，畢竟牛頭人不是好惹的，想要牛奶？請用命來換喔。

只是沒想到，這次進蘭都的危險度這麼低，遠低於我的預估，就算是因為重活一世的優勢，讓我能應付大多數狀況，但一線都市仍舊該是危機四伏的地方。

想來是那隻巨繭搞的鬼，這附近的異物應該被他掃過一遍了，否則那隻要升三階的異物不會那麼放心把自己捆成繭，只靠屬下保護他。

到了一樓，我問道：「辰沙，現在拿結晶嗎？」

小殺轉頭看過來，我朝他眨眨眼，他便說：「嗯，你來幫我一起挖。」

我皺了皺眉，心不甘情不願的說：「好吧，雖然很噁心。」

關薇君一臉好奇心，但她沒問，而是猛盯著小殺走到喪屍的屍體旁，蹲下來就一匕首朝胸口刺下去，熟練地挖屍刨胸，那技術熟練得都不輸給我，看來疆域一路行來，真沒大哥口中那麼輕描淡寫。

我也走上前去，拿著飛刀挖胸口，只是特意裝得笨拙一些。

其他人看得目瞪口呆，但硬是沒人開始開口說話，這時，關薇君走上前一步，張大眼看著小殺從喪屍的胸口挖出結晶來。

小殺索性把結晶丟到她的手上，說：「你砸死三隻，能拿三顆，那個張靖一顆，你們自己過來挖。」

闕薇君立刻把結晶舉起來看，笑著說：「這就是你能力強的關係？要怎麼用？是吃的嗎？我覺得好香好想吃它。」

「是。」小殺邊挖結晶邊說：「少數幾顆的用處不大，差不多要吃五、六顆以上才有差別。」

我偷偷關注著闕薇君，很想知道她到底會怎麼做，她的三顆加上張靖一顆，不過四顆而已，她會如何分配呢？

「大恩人，不如多給我們一顆吧？」闕薇君笑吟吟的說：「你看我手上還可以拿東西，衝上去幫你們再多拿些東西，我看你的小男友剛剛很捨不得那些軍靴呢，我的力氣很大，扛十幾二十雙都不是問題。」

小殺朝我看來，詢問：「書宇，你還想多拿一些嗎？」

看向二樓，我靈光一閃，說：「靴子拿十雙就好，我想要縫紉機，小殺你能跳到九樓去幫我拿個幾台嗎？」

「……」眾人臉都黑了，看過來的表情那叫一個「你王子病重症末期無解了」。

這叫賢妻良母病好嗎？哪個王子會想要縫紉機？

小殺站起身來，抬頭一看，百貨公司中間部分是中空的樓中樓，抬頭一看能看到最頂部的天花板。

他跑到一旁的手扶梯，跳到扶手上踩跳幾步就上了二樓，隨後又從中間鏤空的部分竄出來，單手抓住陽台扶手，隨後一路朝上攀爬。

雖然不到一階的風異能還不足以讓小殺學會飛，但更輕盈、跳得更高是沒有問題的，那攀爬的輕鬆和流暢，簡直像是武俠片的輕功。

眾人張大嘴仰望小殺越跳越高的身影……

「真該叫泰文跟來看上帝。」關薇君讚嘆。

第七章

二階對決

待我們回到迷你倉儲時，時間已經晚了，眾人不用商議就自動知道今晚要留宿在這裡了，晚上絕對不是適合人活動的時間。

一回來，關薇君就先確認眾人都安好，隨後就和張靖與泰文走到一旁去竊竊私語，八成是要分配結晶，這兩人看來應該是她的左右手了，不知她會怎麼分配，只有五顆結晶的狀況下，其實集中給一個人吃是最好的，分散吃幾乎感覺不出效果，但實際操作總是困難的，一個弄不好，幾顆結晶就能瓦解團隊。

我皺眉看著關薇君，她把結晶放在泰文的手上，因角度的關係，看得不是很清楚，但那似乎是全部的結晶……

「請不要怕我家小君。」

我一怔，回頭就看見媽一臉忐忑不安的看過來，還急急地解釋：「你應該看見小君的力氣吧？其實，她是個好女孩，就、就是男孩子氣了些，學了點拳術，不知為什麼力氣變得這麼大……」

我默默想起關薇君用拳頭就能砸出滿地血肉腦汁，這還是沒吃結晶的能力呢！但這景象對我來說並不是恐怖，只是遺憾如果上輩子自己能有這麼強，媽媽或許就不會在末世開始沒多久就走了。

我不如她，不管這個關薇君是誰，她都比我強。

心慌的感覺不斷湧上來，不知為何，光是想到她比我強這點，我就有種強烈的、的什麼呢？說不上那到底是什麼感覺，慚愧、羞恥？

「小君這一路救了很多人，她真的很好，絕對不是壞人，也絕對不會傷人的，只會打怪物而已，你別怕她，也、也不要傷她。」

媽急得都要掉淚了。

心中突然有點酸酸的，眼前的媽還是媽，外表到個性都沒有變，只是她深愛的孩子卻已經不是我。

雖然知道自己不該抱怨，丟了一個媽，卻得回大哥、小妹、叔叔和嬸嬸，甚至是整個疆域，真該算大賺了吧？但是這種事又哪能用數量來比較呢！

「你、你相信我吧？小君真的不是壞人。」媽緊張地看著我，如果我說句不相信，或許她真會哭著懇求。

我微微一笑，說：「我覺得她很好，強一點才能在這種世界活下去。」

聽到這回答，媽才放鬆下來，喃喃：「就是啊，強點好……」

她神色複雜地看向關薇君，既是放心又是不捨，這神態實在太眼熟了，就算外貌性別完全不同，我還是瞬間想起大哥的臉孔，他也常常用這種神色看著我。

關薇君正在和泰文爭辯，她果然想把所有結晶都給泰文，就如媽說的，她是個好人，又強又有領導能力，還沒有眼瞎地看上夏震谷。

媽擔憂地看著關薇君和泰文爭吵，隱約可以聽見他們說結晶可以讓人變強，泰文覺得該給關薇君吃，後者卻堅持要泰文吃，我不知緣由，但猜想應該和異能有關係，這個泰文的異能或許很有用。

媽不滿的咕噥：「這泰文在堅持不吃什麼？難不成還真要小君變強去保護所有人，她可是女孩子……」她聽了一陣後卻又改變主意，「但泰文說得也對，小君總喜歡衝在最前面，不變強怎麼行呢？」

見她為難又擔憂，我忍不住說：「等等出了城以後就沒這麼危險，你們可以跟我回去，我們的人很強，可以保護妳們。」

媽看著我，沒答應也沒說不去，只是溫柔地笑著說：「有人護著你，真是太好了。」

一句話，我的眼淚差點奪眶而出。

「我會護著妳，這一次，不會再失敗了。」

媽似乎沒聽清楚，疑惑的問：「你說什麼？」

「沒什麼。」

我忍下眼淚，終於下定決心要帶這夥人回家，因為我不信這樣平凡和順充滿母愛的母親會養出什麼大奸大惡之徒，就算裡面的靈魂是夏震谷那王八蛋都能被養成好蛋吧！

這時，闕薇君怒吼一聲：「你不吃，我就全扔了！誰愛吃就吃去！」

泰文無奈，只好接過結晶吞下去。

見狀，我只能苦笑，實力高強，品行又好，這女人還能更打擊人嗎？

我拿起銀酒壺，又抓起媽媽的手，她嚇了一跳，不解地看過來，我把酒壺中的結晶全倒在她手上，數量不多，正好五顆。

媽呆了一呆，有些不知所措，我朝她笑笑說：「送妳了，我不缺這個。」

她張了張嘴，似乎有些不好意思拿，但轉頭看向女兒，又捨不得不拿，最後羞愧地對我說：「謝謝。」

我笑著點點頭，看著媽媽衝去把結晶拿給闕薇君，那邊的三人嚇了一大跳，聽了她的解釋，齊齊扭頭朝我看過來。

闕薇君露出燦笑，「謝啦，我就知道你只是傲嬌，其實是個好孩子呢！」

……現在把結晶收回來還來不來得及？

我面無表情轉身就走，小殺靠坐在倉儲最外邊，這是警戒的好位置，我們都沒打算把警戒的工作交給一般民眾，安排守夜什麼的就免了，我和小殺就夠了，其他人還是吃吃睡吧。

小殺丟來一眼，「決定帶他們回去了？」

我坐下來，沒回反問：「你覺得他們如何？」

「雖然人數有六十個，是疆域的數倍，但他們只是一般人，我們是傭兵，有槍和異能，他們完全不是我們的對手，你想帶就帶回去，不是什麼大問題。」

是啊，帶回去不是問題，後續怎麼養活才是問題。

「你能獨自帶他們回去嗎？」

小殺猛地看過來，皺緊眉頭不語。

我解釋道：「我想去看看那個巨繭，他正在升階，是升三階，這塊地盤是他的，所以附近的異物才會這麼少，他要升階之前肯定趕走或吃掉附近所有強的異物，我們要嘛趁現在殺掉他，要嘛以後只能繞道進蘭都，我們惹不起三階異物。」

末世半年就成三階異物，這隻玩意兒就算沒能活到末世後期，肯定也稱霸很久，若是讓他順利升階占領這塊區域，到時我們要打下蘭都，他就是最可怕的城牆。

小殺張了嘴，但我搶先說：「就算我打不贏，總也跑得掉，但是有了顧慮，那就難說了，你想跟我去，至少得上一階，但你還沒跨過那個檻。」

他抿了抿嘴，一臉的不甘，問：「到底要怎麼練才能像你這麼強？」

我想起冰皇的那些鍛鍊，心中不知為何覺得有點煩躁，似乎有什麼事情被忽略了，卻怎麼也抓不住那個一閃而逝的靈光。

「書宇？」

因為有個冰皇又虐我又幫我升階，這點卻不能說，我只能無奈的回答：「我在夢中經歷的時間有十年，本來就會用異能，末世以來又差點死了好幾次，自己一路從中官市找回來，這裡全都是不合理的磨練，強一些也是正常的吧。」

小殺沉默了一陣，說：「之後，我會自己單獨進城。」

我一怔，小殺的臉色卻很平靜，看起來完全沒有轉圜的餘地，而我其實也沒有資格幫對方做選擇——要安逸地生存，或者在生死之間掙扎求變強。

我深呼吸一口氣，說：「之後你自己決定。如果我天亮前還沒回來，你先幫我帶他們回去，我會追上去，只要記住，死了誰都沒關係，包括關薇君在內，就只有關薇君的母親絕對不能死！」

「知道了。」小殺淡淡的說：「但如果我回到基地，你還沒追上來，老大一定會進城來找你。」

我知道，跟來的人還會有君君。

「我一定會追上，但在沒追上之前，你別去找上官辰洋，我不放心那傢伙，他變異太大，心理可能會起變化。」

就如腦魔，吃人這事都幹得出來，但話雖這麼說，那畢竟是小殺的親人，說不定他會想帶人回家。

沒想到，小殺「嗯」了一聲，贊同道：「他離開上官家可能有別的原因，不會只因為外表變化太大就被趕走，他的變異獨特，反而會讓上官家不放他走。」

他皺眉道：「上官家在蘭都南方，也是個隱患，我回去就把上官家的所有事情通通告訴老大，讓他有個防備。」

你跟你家的關係果然很差，這種不如殺掉全家族的表情會不會太限制級啊！

小殺看過來，問道：「但我要怎麼跟關薇君解釋你不見的原因。」

「隨便說，像是我害怕先跑回去之類。」很沒說服力的藉口，雖然我想隱藏實力，但在三階異物的問題之前，隱藏實力這點又不是那麼重要了。

我站起身來，拍拍屁股準備動身，如果可以天亮之前解決回來，什麼藉口都不用找了。

「我走了。」

小殺「嗯」了一聲，又不甘心的問：「書宇，你現在到底有多強？」

聞言，我笑笑脫掉夾腳拖，塞到他手上，腳下化出冰刀，卻沒有回答，打十個你跟吃結晶一樣輕鬆，這種打擊人的話還是別說出口吧，等等被疆域眾人圍毆，我是揍翻他們呢？冰凍他們呢？還是揍翻再冰凍呢？

腳下一發力，不再隱藏實力，我瞬間衝刺出去，黑暗的街道在身邊快速掠過，每次腳下發力一滑至少都是三十公尺，緊接著一個扭身滑上牆面，靠著衝力上升一段距離後，開始「爬」樓，滑跳黏彈，十幾層樓不過幾個動作後就爬到頂。

但我還是感覺不滿意，若冰皇在這裡，恐怕更不滿意，他一直說滑行就足以讓我走遍世界每個角落，冰的沾黏和腿部的力量，有哪裡到不了？頂多加上一點跳躍……

冰皇苦苦教誨了一大串，但小女子……啊不，本少爺還是做不到啊！之前最好的成績也不過就是滑到五樓就後繼無力，差點「啪嘰」一聲掉到地面，幸好手及時抓住雨遮，隔天，大腿還痠痛得要命呢！

樓頂上有幾隻異物，一見到我這新鮮的血肉，一隻隻興奮地撲上來，直到我把第一隻爆了頭，他們瞪大探照燈般的眼睛，隨後朝四面八方奔逃，可惜晚了，冰刀如爆炸般飛射出去……

一收六十人，結晶也該認真打了，就算我已經不需要不入階的結晶，但是對於其他人來說，無階結晶還是好東西。

銀酒壺不斷響著結晶入壺的叮叮噹噹聲，十分悅耳，我實在喜歡斬鳳送的扁酒壺，大小如此剛好，根本是放結晶用的吧！之後一定要用冰晶加固它，免得壞了心疼。

站在高樓上，我看準想去的方向後直接跳下高樓，目標是隔壁大廈，跳躍的距離自然是不夠的，甚至碰不到大廈牆面，我在半空化出一塊冰片，腳一踩，冰片立刻往下掉落，我靠著反饋來的力道多跳了一步，但距離仍舊不夠，只能再化出一塊，還、還差一點，再一次……

最後，距離想抵達的高度有五層樓那麼遠時，我終於「啪」一聲撞上大廈的玻璃窗，臉貼在玻璃上，我默默發誓這招沒練好之前，絕對不在任何人面前使用。

冰皇，說好的跳跳跳上青天呢？我怎麼只能往下掉，地心引力到底要怎麼無視？

時間不多，我乖乖用「正常」方式前進，滑行、跳躍和攀爬。

沒多久就抵達巨繭不遠處的街道，收斂身周的寒氣，我緩緩走過去，底下的黑點護衛越來越清楚，卻不是想像中的蜘蛛，闕薇君會認定是蜘蛛，大約是離得太遠，加上這白絲看著會讓人想到蛛絲。

但其實這些黑點卻是——毛毛蟲。

一隻隻的大小差異很多，從人頭大到一、兩公尺長都有，粗肥的肉身上頭長滿細細的毛，或者是刺？刺的顏色很多，各種顏色的毛毛蟲到處爬，有些把自己捲成一球，然後在白絲上快速滾動，看來這應該是主要移動方式。

除此之外，有些白絲還密密麻麻佈滿卵，只是不大，又是白色的，遠看不容易發現。

看到這，我都頭皮發麻了，巨鸝若是順利升三階，加上這些卵孵化，這附近絕對是蝗蟲過境的慘狀，只是這次橫掃過去的是毛毛蟲而已。

冰對付這種異物不算有利，如果是火異能，打這些蟲應該事半功倍，但不管如何，我已下定決心絕對要解決巨鸝中的異物，這已經不是繞道的問題了，這麼大數量的異物，絕對會瘋狂朝外擴張，他們需要的「食物」太多了，而懷古小鎮是離這邊最近的一個大鎮！

與其等著三階異物帶著大軍找上來，不如趁他還在二階要他命！

我轉下背後的冰槍，從坐落成弧面的大樓中，挑了最靠近巨鸝的一幢，從背面攀爬上去。

下滑到有白絲纏繞的窗口，我化出冰塊扔到白絲上，但白絲沒有黏性，不像蜘蛛絲，應該是類似「蠶絲」之類的東西，也因此，這些絲條並不是黏在大樓上，而是擊破窗戶，纏繞住大樓的柱子。

普通的冰刀，輕輕地割卻割不斷，逐漸加重力道，仍舊非常難割，僅僅斷了幾絲，比髮絲都粗不到哪裡去，這些絲條的韌性比想像中更高。

我想了想，還是沒化出冰匕來測試，冰匕的能量高，恐怕會引起繭的注意。

現在的問題在於，我是要直接上了巨繭，還是先砍光他的毛毛蟲？

無法快速解決巨繭的話，我會被巨繭和毛蟲群合力圍毆，但有可能先重創巨繭。

若是先收拾毛蟲，這麼大數量，我得花上一段時間，這段期間，巨繭到底會不會有所感應呢？如果發現到我這個危險，他是會直接破繭而出，或者有辦法加快速度直上三階再出來？

太多不確定因素，而我也不可能確認這些假設哪個才是對的，只能盡可能挑最有利的方式。

思考了一下，我脫掉外套和襯衫，剩下白色背心，胸口還覆著一層奇異的半透明胸鎧，我拍拍胸口，低聲問：「小容，你能幫我嗎？」

胸鎧蠕動起來，細細長長的枝條脫離出來，輕輕磨蹭我雙臂上的冰紋，打從冰皇化身為武，小容在那時變成半透明後，他就能和我進行簡單溝通，多半是我單方面跟他說話，他無法用語言回應，但卻能讓我感受到他的情緒變化。

「小容，我沒法飛，冰皇的移動方式又太難，只能靠你了。」

化出漫天冰道太消耗能量，我目前耗費不起，跳跳跳上青天又太難了，掌握不了，根本不可能用在實戰中，但對方有白絲，就算不是真正的飛，也是能在半空中移動，那對我太不利了，需要有因應的方法。

幸好，對方會吐絲，我家有樹枝！

枝條越伸越長，繞著我的手臂和雙腿，我動了動，發現並不會影響動作，小容真能幹，回家爭取讓大哥接受你。

看著巨繭，我下了決斷，不管如何，這玩意兒才是真正的威脅，第一擊務必要重創他。

和小容做好溝通，確認他知道自己要做什麼後，我一口氣跳出窗戶，半空中化出冰匕，半透枝條射出去，我整個人直接被扯過去，還無法掌握的因素，差點用臉撞繭，幸好及時把長槍補上，更利用衝力，槍頭直刺巨繭頂端。

槍頭刺進去，我一喜，但立刻感覺到阻力，立刻右手握槍，左手摘下貼在腿邊的冰匕，朝槍頭刺進的位置割下去。

這一刺，刀身直接沒入繭中，奈何也只能到這裡，若我能喚出長槍，說不定這一擊都能直插入異物的腦門，但喚不出來就是白搭，而冰匕的長度擺在那，總不能期待異物會把臉貼在巨繭的頂端，那姿勢也太不舒服。

拔出匕首，我立刻往上一躍，踩到樹枝後再次跳得更高，朝天空化出一片厚冰，同時轉了一圈頭下腳上，重重一腳踩碎厚冰片，利用反彈的力道，整個人如砲彈般落下，中途再次扭轉上下，一腳踩中長槍，槍身立刻下降，戳進巨繭之中，但卻承受不住這力道，先是歪斜，而後整根斷開。

巨繭一陣劇烈震動，看來是中了，我一喜，還真擔心裡面的異物其實不大隻，長槍根本戳不中目標，但反應這麼大，肯定刺中了，而且不是無關緊要的小擦傷。

我立刻蹲下抓住僅剩十來公分的槍身，一口氣放出大量冰能量，連周圍滾過來的毛毛蟲都顧不上，幸好有小容，大量冰枝一口氣爆出去，一條條枝幹把圓滾帶刺的毛蟲挑飛出去。

我甚至可以感覺到小容委屈覺得痛的情緒，只是沒有辦法安慰對方，冰能爆出一陣後就受到阻礙，我得專心加大冰能入侵巨繭。

此時，巨繭的震盪已經大得讓人站不住腳，但對我來說卻不是問題，冰異能加上小容的枝幹，只要我想待在某個東西上頭，除非把我打到重傷不得不放手，否則誰都別想讓我移動半步。

但我可不會為了待在這上頭而被打成重傷，所以感受到巨繭內部的能量即將爆發的時候，我連忙後退，從巨繭跳開一大步。

這同時，冰枝射出去纏繞住不遠處的白絲，將我整個人拉過去，只是力道太猛，飛過了頭，我扯住冰絲才把自己拉回目的地站穩，這招要練練了，要不遲早也是個撞窗悲劇。

我位於巨繭的上方，底下一眼望過去全都是豔麗毛蟲球，瘋狂朝我滾過來，沒密集恐懼症的人都得被逼出這病來。

冰枝不斷打向那些毛蟲，但是攻擊力不足，幾乎抽不死他們，有些大毛蟲只是頓了一頓就繼續往前衝，我跳換了位置，仍舊緊盯著巨繭，沒空去處理這些毛蟲。

「小容，忍著點，幫我解決那些蟲。」

我輸送更多冰能到小容身上，他並不怕我的寒氣，甚至可以運用某些量以內的冰能。

我倆現在的狀況也不知到底是怎麼回事，小容有點像是寄生在我身上的狀況——

呃，這麼說好像也不對，畢竟他大部分時間都待在房間當盆栽，不是在我身上，真要說，他大概有點像……召喚獸？

冰枝條越來越多而茂密，我索性讓小容脫離再去伸展，免得一堆樹枝纏在身上，阻礙我戰鬥。

毛蟲交給小容，我緊盯著巨繭，那繭的形狀瘋狂扭曲，一看便知裡面有個東西想鑽出來，或許是沒到時間，所以出來得很艱難。

我握緊冰匕，緊盯不放，突然有一隻毛蟲突破小容的封鎖，直撲上來，在半空中漸漸結凍，沒有完全結成冰，但他也難以動作，加上重量增加，原本綽綽有餘的跳躍變得不夠了，他提前往下掉，最後勉強勾住一點白絲，卻不足以支撐他的重量，滑了一段距離後掉下去。

白色的繭被撐成梭狀，頂部更是越來越薄，隱約可以看出形狀，那竟是一張人臉，只是大得多了，一張頂我三張有餘，眼睛大得驚人，似乎沒有鼻子，在繭薄得快破時，我直接跳下去，冰匕直指那張臉的右眼。

「啪嘶」一聲，繭破了，一張臉鑽了出來，上圓下尖的臉型，鼻子仍是有的，但只是小小起伏配上兩道細長鼻洞，眼睛兩側隨著光線不同閃著七彩光芒，似乎是細小的鱗片，他張開眼，漆黑滿瞳，裂開嘴，密細尖牙，發出聲，尖銳慘烈。

冰匕只刺中眉心。

即使趁其不意，甚至這隻異物都還沒睜開眼，冰匕已經刺到，但他仍舊感覺到危險，瞬間偏了頭，冰匕刺進他的眉心，深入約莫五公分，若是一般異物，光這深度，再送點冰能過去，對方就成了冷凍豆腐腦，但這隻異物體型大，額頭略凸，五公分至少得打個對折。

冰能源源不絕灌進去，但沒有一秒鐘，我腦中的警鐘響個不停，只好瞬間跳開，一道淡彩霧氣從對方嘴裡射出來，若我還留在原地，絕對是直接中臉。

趁我退開，整隻異物一口氣從頂端的破洞衝出巨繭，擠成細長的體型一離開繭，張開巨大的翅膀，整個身形顯得巨大無比。

我卻是一喜，他有一邊翅膀撕裂了，位置非常接近翅根，絕對會影響他的飛行，甚至是飛不起來，雖然那傢伙飛在空中，但上下晃動得非常厲害。

這隻異物該是人化成的，雖然體型巨大，少說有個三、四公尺高，四片蝴蝶巨翅更是大得不得了，還拖著拉長巨大的昆蟲屁股，但中間軀幹部分基本還有個人形，四肢都在，除去翅膀，整體比例看起來非常細長，尤其是手腳特別長，腳板尖尖細細，看起來不適合長時間走路。

中間的軀幹很明顯看得出是隻母的，一對乳大得不合比例，加上那昆蟲長屁股，還有一整窩保護她進階的毛毛蟲，她很可能是負責生產的蝶后——幹掉她沒得商量！

只要殺了她，就算我殺不盡其他毛毛蟲，他們有可能再次進化出蝶后，但失去這次的先機，後期的人和異物都進化上去，他們要擴展也就沒那麼容易了。

蝴蝶飛得搖搖晃晃，又怒又痛，搧動翅膀，許多彩霧隨著這搧動漸漸散開，見狀，就算不知彩霧到底是什麼效果，我又豈能給她機會，屏住呼吸就衝上前去。

步步踩在白絲上，下坡在腳底化出一層冰，冰絲化身滑雪道，上坡則用冰釘鞋，同樣不難爬，這白絲真是利己的同時也利敵，或許是還來不及進化完整，往後應當會有阻擾敵人的效果，但如今，算我搶得先機。

我縱身一躍時，蝴蝶想飛遠閃開，但翅膀一搧，她痛得齜牙咧嘴，高度反而下降了一些，機不可失，我立刻跳過去，皮膚一接觸到彩霧，陣陣刺痛傳來，竟然連碰到皮膚都不成？

我立刻在皮膚上化出冰層，原本是薄薄一層，沒想到瞬間被消融掉，這時，我已跳到對方身前，伸手想抓住對方的手，未料痛感再度傳來，這次不再是刺痛，簡直是灼燒！

冰層不足以阻擋彩霧，我只能放出冰能量護住周身，但這個瞬間已失去抓住對方的機會，蝴蝶飛開來，她足點白絲，用細長的腳和翅尾勾住絲條，支撐住巨大的身軀。

她的血灑了出來，竟也帶著彩色閃光，滴到白絲上，絲被染了色，還冒出輕煙。

看來，這血也是沾不得的，恐怕比彩霧更厲害一些。

瞄了剛才傳來灼燒感的手臂一眼，整段皮膚又青又紅，目前我最大的弱點就是身體不夠強悍，但以人類來說，除非是肉體強化類異能，否則身體的強度很難超過異物。

這也是末世中，人類會被異物壓著打的原因之一，初期，異能沒屁用，但身體強化卻有很明顯的優勢，一旦搶得先機，異物橫掃收割人類血肉，進化的速度遠超過人，怎能不被壓著打？

以後得想想怎麼克服這個弱點了，但如今只能先用耗費冰能籠罩住身周，就算有些浪費能量，而對方的能量粗估比我更高，但也只能認了這耗費，否則讓彩霧繼續灼燒下去，我撐不了多久，也沒有把握能瞬間解決對方。

幸好，先搶得兩擊，翅膀和額頭都不是什麼小傷，否則我大概只能轉頭逃亡了，如今，還能一戰！

我握緊冰匕，其實上頭也沾染到蝴蝶的血，但冰匕硬是毫髮無傷，哪怕它像塊冰片似的，這就是冰皇化身而成的武器！

化出一身寒氣，我仔細觀察對方，蝴蝶也不著急，她搧著翅膀，彩霧越來越發散越來越濃烈，幸好小容離這有點距離，要不然他得從半透明變七彩了。

這蝴蝶的眼睛雖大，但經過剛出繭就差點被我刺瞎的經歷，她有了防備，冰匕要刺中眼睛直達大腦恐怕不是那麼容易的時候，一旦刺歪，對方的前額那麼突出，不等我插進腦子，她恐怕就會反擊了，對付我，她可不一定要打腦袋，打穿最柔軟的肚腹將腸子挖出來捏爆，我也是個死字。

太陽穴、下顎或後腦……蝴蝶突然扭頭朝旁邊一看，一團毛蟲朝她撞過去，她閃開一隻，後頭又飛來一隻。

榕樹瘋狂中，他的枝條籠罩著冰層，不再那麼害怕毛蟲刺，於是開始爆發，東打打西挑挑，玩得那叫一個愉快，雖然打不死中大體型的毛蟲，但蟲也靠近不了他，兩者是一場僵局。

但小容知道我不在意毛蟲死不死，別來妨礙我戰鬥就好，僵局就僵局，現在見到我有難題，還懂得把蟲打過來干擾，這棵樹以後是我家四弟，誰欺負就殺誰！

蝴蝶被自家毛蟲搞得火大不已，那蟲的數量可是上百，砸過來那叫一個壯觀，毛刺加上打過來的速度，蝴蝶似乎也不能毫髮無傷，她發出一陣嘶叫，毛蟲暫停了，不再朝著小容衝過去。

蠢貨！我衝上前去，喊了一聲「小容」，榕樹全部化為枝條，全部纏繞到我身上，藉著枝條、冰刀鞋、白絲甚至是在半空中化出冰片，我或滑或攀或被拉過去，行動力快到一個極點。

再將冰能附在小容身上，細長枝條衝出去，眼見就要抓住蝴蝶時，她爆出一陣彩霧，我同樣爆發出冰能，小容承受不了這麼強的冰能，但不要緊，繞在他周圍也是一樣，只要能阻擋彩霧灼燒他就好。

蝴蝶一跳，閃過大部分枝條，但還有幾根攀到她的身上，不斷用手爪扯枝條，加上口噴彩霧，但小容在我指示之下，也不跟她硬拚，被抓就撤退，但另一條枝幹又不知不覺纏上去，對方越想擺脫那些枝條，被纏得越多。

最後，她飛了起來，撐著翅膀的疼痛，硬是想飛上高空，腦殘真是一種病，蝴蝶的智商不能期待，小容趁機纏繞更多枝條上去，她原本就半翅受傷，加上枝條的束縛，立刻就開始往下掉。

但這隻蝴蝶不知為何硬是要飛，瘋狂扯著翅膀上的枝條，不顧翅傷，硬是搧翅，血一潑潑地灑下來，她瘋狂痛嘶，但我家小容也痛得枝條一抽一抽的，那血的腐蝕性太高，我的冰能都擋不住。

見狀，我順著枝條滑過去，跳到蝴蝶身上，同時下令小容撤退，現在的高度不高，直接掉下去，底下的白絲可以確保他不會有事。

為了確保自己不被甩下去，我只能用雙手雙腳攀緊蝴蝶受傷無力的翅膀，這時，她身邊的彩霧濃成一片黏稠，不斷用手爪攻擊我，嘴裡還吐出一道道彩霧。

我憑著迅捷的身手攀繞著她，絕不讓蝴蝶口中的彩霧噴中，我有一種預感，只要被噴中了，這輩子就結束了。

但即便沒被彩霧噴中，周圍黏稠的霧氣還是讓我渾身都痛，運用冰異能強行抵擋，手握著匕首刺向蝴蝶，竟能感受到阻礙，彷彿把手插進海綿中，那灼燒感直入骨髓，痛得讓人想尖叫，但現在絕不能放開，一放手，她恐怕會直接飛走，甚至不顧底下這些毛蟲，那就功虧一簣了！

這隻異物真的是二階頂，這麼浪費地運用異能，滿天都是彩霧，看著像是天空打翻水彩盤似的，這樣都沒能讓她到極限，如此充沛的能量，我一定要拿下她的結晶！

在半空中僵持，我讓彩霧灼燒，而蝴蝶被我一刀刀割，她的頭部霧氣太重，突破不了，於是我挑其他部位下手，一割再割，在她的抵抗明顯變弱的時候，我選擇割斷她完好的那邊翅膀。

從半空落下，我們重重掉在白絲上，彈力讓我們分開彈出一段距離，我雖想穩住身形，但仍疏忽了，一條白絲纏住左腳，我整個人扭了一圈才穩住，左大腿傳來巨痛，一個伸手化出冰層覆蓋整個左腿，成了臨時支撐架。

朝底下一看，蝴蝶摔得比我還重，她太過巨大，又一身的彩霧彩血，白絲根本撐不住她，就這麼一路摔到白絲最下方，沿途還幹掉不少自家的毛蟲，最後趴在地面慘嘶。

毛蟲立刻前去護衛她，完全沒有放棄的意思。

我踉蹌了一下，強迫自己無視左腿的傷，面對滿滿的毛蟲，我喚來小容，再度用各種行動方式衝過去，一路輾殺到蝴蝶面前，雖然背後還有滿滿的毛蟲，但那已不要緊了。

我喘著氣低頭看著那隻蝴蝶，她抬起頭來，彩霧已淡了許多，可以看清她的漆黑滿瞳正望著我，甚至能從中讀出絕望的情緒來。

「下輩子，點一些智力吧。」

冰匕刺下去——二階結晶，到手。

但這還不是結束，回過身，滿滿的毛蟲並沒有因為女王死去而離開，他們的怒氣化為滾動的速度，四面八方湧過來。

喊了一聲「小容」，我對上那些殺都殺不完的毛蟲，殺紅了眼，滿身的痛早已麻木。

最後刺出一刀，卻什麼都沒有刺中時，這才回過神來，自己正站在滿地的蟲屍中，一隻活的都不剩了。

我鬆懈下來，頓時感覺渾身重得像揹了一座山，張嘴想讓小容下來，卻直接噴出一口血。

伸出手抹抹血，我卻望見整條手臂都七彩了，顏色還越來越深，有變黑的趨勢，不行，得先撿些結晶來吃，不然真要死了，雖然零階結晶效果差，幸好滿地都是，多吃點就是……

一蹲下挖結晶，面前突然落下一雙大腳爪，我抬起頭來，一隻蜥蜴般的異物張嘴垂涎，彷彿面前是塊上等的牛排。

蝴蝶與我相爭，竟有漁翁想來個通殺，可惜是個剛上一階的玩意兒，未免太看不起人。

我都氣笑了。

一身寒氣徹底爆發，小容的枝條四面八方衝出去，宛如天羅地網佈滿周遭一切。

我怒吼：「虎落平陽或許會被犬欺，但你這隻臭老鼠竟以為自己能動得了我嗎！」

第八章

錯位

醒過來時，血紅黃昏映在漫天冰樹雪葉上，色豔如泣血，形美若玫瑰……疆小容你沒事把自己長滿天幹嘛？

我爬起身前，還得撥開一身的枝條，自己竟是整個被埋在樹根之間，皺眉一想，疑惑的問：「小容，你是在保護我嗎？」

榕樹興奮地搖了搖樹身，還收攏樹根把我束緊了，彷彿在邀功他把我保護得多麼好。

「做得不錯。」我點點頭，隨後微笑的問：「那麼現在說說，你趁我睡著的時候吃了多少毛毛蟲結晶？」

榕樹立刻僵直了，彷彿他只是一棵不會動的樹，剛剛的搖動肯定是風搞的鬼。我翻了翻白眼，說：「裝什麼傻，該不會完全沒剩下吧？你也不怕把自己吃爆，現在把剩下的結晶都拿過來。」

剝開樹根站起來，我低頭看了看傷勢，背心徹底消失無蹤，褲子剩下破布幾條掛在褲襠處，這倒是方便一眼就看清傷勢，狀況比想像中好一些，傷口都有收住口，不至於失血過多。

幸虧昏睡過去前吃掉那顆一階結晶，實在是不得已，身上的傷太重，我有點擔心自己不是要暈倒而是直接掛掉，只好吃了，否則真是想保留給君君吃，她的實力得超過美貌才行！

我皺眉看著周圍的黃昏景象，希望自己只是從早上昏睡到傍晚，現在最好不是好幾天後的傍晚，若小殺已經回到基地一段時間，那我的麻煩就大了。

一根樹枝試探地伸到面前，葉片張開，細細碎碎的結晶占了半片葉面，我低頭一看，數量還不少，小容頂多吃了三分之一。

我收起結晶，說：「以後除非你受傷馬上需要結晶，否則就等我醒來再分配，放心吧，絕對不會虧了你，只要好好跟著我，保證你有吃不完的結晶。」

小容高興得整棵樹都往我身上蹭，奈何他實在太大棵，雖然不是之前誇張的參天大樹，但也是棵普通大小的榕樹，別說蹭，幾根枝條撲來，我就直接樹葬了。

沒法蹭，小容似乎不太滿意，開始縮回枝條，從大樹轉變成盆栽，也不知道他這生長模式是怎麼回事，忽大忽小從盆栽到大樹的彈性真是沒話說。

「等等，先別變小，幫我弄點白絲。」

我可不想幾乎裸體走在城市裡，更糟的是裸著一身傷回到基地，大哥的怒火和小妹的眼淚比世界末日還可怕。

這白絲雖說是「絲」，但卻是相對於巨藺來說，其實這一片片比巴掌還寬，等小容弄了一長段下來，我用冰匕首裁切鑿洞切條，利用綁帶的方式固定上衣和褲子，上輩子的裁縫功力果然沒丟。

整身弄好後，想不到還真挺不錯的，又韌又有彈性，如果之前戰鬥時穿的是這種料子，應該不至於搞得裸奔。

看著漫天白絲，這怎麼可以浪費呢！當然關門放小容！

最後，我用樹枝交織成的網子拖著一大團白絲打道回府，速度慢了一點，因為左大腿的傷勢有點嚴重，實在走不快。

回到迷你倉儲，沒人在，繼續走，沿途沒有任何戰鬥痕跡，看來小殺撤退的時候沒遇上什麼大危險，這讓我放心多了。

等熟悉的鐘樓映入眼簾，也沒有任何異狀時，我鬆了口氣，這疆家的衰運真是把人嚇個夠嗆了，總覺得好像隨時都會發生個什麼事，若是發生在我身上就算了，千萬別發生在其他疆家人身上。

走近小鎮時，裡頭有許多人影，那是遠遠超過疆域的人數，但他們都挺平靜的，或坐或站，應該是闕薇君那夥人，看著似乎是剛剛抵達，甚至還在休整狀態，真是太好了！

我連忙繞路避開那群人，直接朝高處的大屋走去。

「書宇！」

靠近大屋時，門口上方的哨點探了一顆頭出來，曾雲茜低喊：「快進來，小殺剛剛才到，帶了一大群人，卻不見你，老大的臉都黑了，書君還嚷著要進城找你。」

聞言，我直接把一大團小容扔過大門，自己跟著跳過去，先交代小容把白絲丟到後院後就直接回房間當盆栽，緊接著，我就急忙去找大哥和小妹。

衝入大廳，小殺正站在大哥和書君面前，低著頭接受雙人砲轟。

「我回來啦！」我連忙大喊，快速邁步到他們面前，連腿疼都顧不上了，哪怕之後斷掉，現在也要穩穩地走到大哥小妹的面前！

大哥看過來，繃著一張黑沉沉的臉；小殺明顯鬆了口氣；君君更是直接撲過來，我差點被她整個撲倒，左大腿有種斷掉的感覺，希望是錯覺……

痛得腦袋空白了幾秒，我一抬頭，大哥小妹站在面前，臉色湊成一雙黑。

「受傷了？」大哥冷道。

「嗯。」我硬著頭皮回答：「左大腿比較嚴重，其他都小事，真的！」

熟悉的光芒又亮了起來。

君君繞著我看，我連忙配合地擺出各種姿勢給看，她整整繞了三圈才停下腳步，放心的說：「這次傷得不重呢。」

就是說啊！我連忙點頭，當然不把某顆一階結晶的功勞說出來。

籠罩全身的光芒沒多久就縮小到大腿上，竟是想把斷骨都完全治好的樣子，雖然大哥的臉色沒變，但我明顯感覺到他的能量變低了，連忙拿出二階結晶，說：「大哥，你先吃了這顆結晶再繼續吧。」

不趕快讓大哥吃下去，我總是不安心，現在要打到二階結晶可不容易，更何況這還是快升三階的異物結晶，我有點興奮大哥吃下去能不能直接上二階呢？

大哥沒有停下來，只是瞥了一眼，卻說：「你自己吃。」

我一怔，正想勸說時，卻被他打斷。

「接下來幾天，你坐鎮基地，換我進城，我要吃的結晶會自己打。」

我震驚地看著大哥，他竟要進蘭都？

他理所當然的說：「我若不練，要如何變強？」

這倒也是，光吃結晶還是不夠的，實戰經驗非常的重要，有時我甚至覺得實戰一場也不輸給吃結晶的效果。

既然想通了，我也就不開口阻止，只繼續勸：「大哥，那就把這顆當作弟弟最後一次打給你的結晶吧，往後你再自己打。」

這可是二階結晶，只要吃下去，大哥往後就可以自己打二階結晶了。我卻不敢把話說出口，就怕一說，大哥更不肯吃了。

聞言，大哥終於接過結晶，說：「這是最後一次，往後你打的結晶，我一顆都不會吃。」

看著他吃下結晶，我這才敢開口抱怨：「大哥你要不要這麼有原則啊？反正大哥你變強了，也會保護弟弟吧？誰吃不都一樣嗎！」

大哥反問：「所以你變強就不打算保護哥哥嗎？那你吃不也一樣？」

我竟然無言以對。

君君笑了出來，下一秒，大哥一口氣爆發出大量的能量，嚇得她花容失色。

我正在被治療的腿被這能量震了一下，差點摔倒，幸好君君及時抱住我，小殺更是直接抓住我們兩人退開好一段距離。

君君朝我看了一眼，確認沒事後，竟直接朝大哥衝過去，小殺都來不及拉住她，臉色一變，連忙追上去。

我知道不會有事，倒是不著急，先摸摸腿，完全不疼了，拉開白絲衣一看，全身連個瘀青都沒留下，大哥這一個爆發還真夠有力的，就是希望他能控制好，別爆發以後，敵人的傷全好了……

「二哥！大哥到底怎麼了？」

君君站在大哥不遠處，卻不敢再靠近，對此，她一臉的不解，不明白自己為何不敢再上前去。

「再靠過去一點，不會怎麼樣的。」

我慢條斯理的走過去，這動作明顯安撫了君君，她如言照做，連小殺都靠上去，兩人一步步走向大哥，臉色都變了，只能皺緊眉頭苦撐，在這麼冷的天裡，兩人的額頭卻都冒出汗來。

「如何？二階的威壓不是蓋的吧。」

我走過去，卻不進入大哥的威壓範圍內，君君和小殺不是大哥的對手，差距太大，走進去倒是不會如何，但我若是靠近，大哥一定會有所警戒，他正在突破瓶頸，我不想引起任何變故。

但對於君君和小殺來說，卻是個好機會，尤其是君君，她單獨面對異物的機會幾乎等於零，要感覺到階等差距之下的威壓，是很難得的機會——是說我也不希望她有這個機會。

「你們仔細感受這種壓力，真受不了再出來。」

兩人沒法回應，汗如雨下，但都抿緊嘴，誰也沒有挪動腳步。

我站在邊上，感受著周遭的能量漸漸被大哥收攏起來，他的能量本就差不多在一階頂端，卡在瓶頸之間，這顆二階結晶一刺激下去，直接就爆發了，其實一階突破的動靜並不大，大哥之所以搞出這麼大狀況，八成是那顆結晶太威，他一時沒法吸收完畢。

我仔細感覺著大哥身邊的能量，防止事情出岔錯，這期間，大哥曾看來一眼，但見我笑笑回望，他一個字都沒說，專心消化那些能量。

大約過了半刻鐘，大哥終於收攏完那些能量，我立刻衝上去扶住君君，威壓一消，她直接軟倒在我懷中，見小妹真的沒有力氣站立，我乾脆來個公主抱，至於旁邊的小殺，不好意思啊，不是我家小公主就自己躺地板去。

大哥緩緩張開眼睛，低頭看了看自己的身軀，又抬頭問：「書君、小殺，都還好嗎？」

君君搖搖頭，「只是有點累。」

小殺爬坐起來，滿頭大汗的搖搖頭，累得連話都不說了。

大哥這才放心，走過來摸了摸君君的額頭，抬眼問：「書宇，這顆結晶是怎麼回事，我現在感覺特別好。」

我老實交代：「二階結晶。」反正階都升完了，大哥就算把自己肚子剖開都挖不出結晶。

大哥怒瞪一眼，我縮了縮脖子，可憐兮兮的求安慰：「君君妳看大哥都欺負我，給他餵食還瞪我。」

君君沒好氣的說：「不能怪大哥，我最近一直都想瞪你呢！」

我哀傷惹，從小親手養大的溫柔妹妹呢？「嗚嗚嗚，妹妹長大都不愛二哥了。」

君君送了我一顆大白眼，拍拍不愛的二哥，指使道：「我要去洗澡。」

「我也得洗，就……」我閉上嘴，差點說出「就一起洗」，一時忘了妹妹都十五快十六歲啦！差點成變態！「就送你回房後，我也去洗。」

君君瞥過來，似乎知道二哥偷偷改口，哼了一聲。

我抱著君君，大哥扶著小殺，正要送他倆回房間的時候，百合卻走了進來。

「老大，小殺帶回來的人想見你。」

大哥看向我，一揚眉就當了甩手掌櫃，「小殺說過是你要帶回來的人，自己去解決，要留要趕，你決定。」

「不行啊，大哥。」我苦著臉看向小殺，「怎麼你沒把整個經過說清楚嗎？」

小殺悶悶的說：「你沒回來，我解釋你獨自去打巨繭和一大群蜘蛛，老大就黑了臉，要我詳細描述到底是什麼異物，周遭的狀況，為什麼你要自己去，除此之外，其他的事情，他根本不想聽。」

你這麼老實交代幹嘛！不會說我只是去除蟲嗎？多麼真誠的回答，謊言都不算呢！

「二哥想帶的人？」君君好奇的問：「他們這麼厲害嗎？」

「不厲害。」小殺搖搖頭，又補充說：「有個女人算不錯。」

聽到「女人」，君君雙眼都亮了，笑咪咪地看著我，還擠眉弄眼的。

大哥更是連連追問：「那個女人漂亮嗎？」

小殺想了想，說：「普通，沒書宇漂亮。」

別跟我比，這張臉早逆天了。

百合插嘴道：「雖然不算美，但看著還算順眼，挺開朗活潑的一個女孩子。」

相信我，她的「活潑」絕對超乎你的想像。

大哥點了點頭，又問：「多大年紀？」

「二十五。」我回答。

大哥皺眉，「老了點。」

又說我老，跟你翻臉喔……不對，我又不是關薇君，是正青春的十八歲殭書宇。

「是她主動的？」

主動啥？我茫然。

小殺搖頭說：「不是，書宇主動的。」

大哥點了點頭，灑脫的說：「那就不用問了，只要書宇喜歡就好。」

喂喂喂，你們的腦迴路根本沒接在一起呀，我只是主動去救人好嗎！我喜歡個什麼東西啊！

「我去看看書宇喜歡什麼樣的女人。」

說完，大哥立刻就朝門口走去，百合雙眼放光地跟上去。

小殺一怔，不解的看向我，「你喜歡誰？」

我狠瞪他一眼，正想喊住大哥時，君君突然拍打我，急道：「二哥你放我下來。」

我只能小心翼翼地把她放下來，確定我家小公主能站穩後，一個抬頭，大哥的背影都在遠方了。

哇操，等一等，大哥你聽我解釋！我正想追上去——

「二哥，我也要去，扶我過去，人家走不動路。」

我只好苦著臉，回頭扶著難得柔弱的小公主，慢慢朝著門口移動，隨後，肩膀又被人搭上來，小殺搭了個順風車。

拜託，我才是需要被扶助的傷患好嗎？雖然傷口都被治好了，但噴出去的血和消耗光的能量可沒有補回來呀！一個兩個把我當代步工具是怎麼樣？

等我們臉色發白三人組匆匆趕到大門外的時候，大哥和關薇君已經面對面站著了，乍看彷彿對峙一般，疆域的成員們全齊了，通通站在大哥的背後，關薇君背後則是泰文和張靖。

平時怎麼看怎麼天兵的團員們，此時手搭在槍上，站姿俐落，雖然姿態各自都不同，但一看就是專業級的，姿勢如狼似虎，實力絕對不容小覷。

「關薇君真的喜歡你？」小殺認真的說：「我覺得她喜歡的另有其人。」

是，她看大哥看得眼睛都發直了，還不時吞著口水偷瞄大哥的胸膛和腹部。

看著上輩子的自己露出八百年沒看過男人的色女臉，別說形象，節操都給狗吃了。

「妳叫關、薇、君？」大哥輕聲唸了這個名字。

關薇君倒吸一口氣，喃喃：「天啊，我的耳朵都要懷孕了。」

妳倒是生出來看看？

「二哥……」

「嗯？」我看向君君。

君君同情的安慰：「人家都說初戀總是沒結果的，輸給大哥也不冤枉，二哥你長得這麼好看，人也是好的，一定能找到更好的女生！」

……問：最愛的妹妹發了我一張好人卡，我該痛哭一場嗎？

「妳等著。」大哥丟下一句。

「好，我等你！」闕薇君回答得那叫一個願意等你到海枯石爛。

大哥走過來，那動作一看就是想把我抓到旁邊拷問，奈何我扶著書君，根本走不開，只能朝他聳聳肩，大哥停下腳步，拋來一個眼神，表示拷問延後進行。

他回頭朝闕薇君三人說：「看在我弟弟書宇的份上，你們可以留在懷古小鎮，暫時。」

說完，他將君君一把公主抱起來，扭頭就走，帥得那叫一個狂霸酷炫跩。

「你的臉色不好，和他們談完就快去休息。」

我乖乖點頭，看著大哥把君君抱走，後者還喊著：「二哥，我讓嬸嬸給你燉雞湯喝喔。」

等等還是直接回房倒頭睡個三天三夜好了，我就不相信雞湯不會壞！

闕薇君走過來，羨慕的說：「我就覺得大恩人太聽你的話，就算是男男朋友，也沒有這麼乖的吧，結果原來是你背後有個超強的哥哥，靠哥族真不是蓋的！」

……母親是養不出大奸大惡的孩子，但養出白目粗神經女似乎完全沒有問題，妳這嘴還敢更欠揍點嗎？泰文和張靖都在妳背後哭泣了啦！

「對了，小宇，你的衣服、鞋子和縫紉機全都放在外面，要拿進來嗎？」

我立刻說：「當然。」

闕薇君聳肩說：「那你找人去拿吧，你們的人不讓我們進這間屋子。」

我點點頭，看著她卻想到媽媽不知怎麼樣了，但一天到晚盯著人家的媽也不行，我只好旁敲側擊：「接下來，妳有什麼打算嗎？」

闕薇君的眼神突然一個犀利，為難的說：「這話有點說不出口，但我還是得拜託你。」

確實，他們有戰力的人不強，無戰力的更是占了快三分之二，要讓疆域接收他們，簡直是不可能的任務，任誰都很難啟齒。

「拜託，請讓我當你的大嫂吧！」闕薇君激動的喊完，突然想起來似的問：「對了，你哥結婚了沒？」

……妳還能更直白一點嗎！妳嚇到我家天兵團啦，他們要保持形象是多麼不容易的事情妳知道嗎！凱恩的臉都忍得扭曲了！

被上輩子那張臉盯著看，雙眼都快放光了，我抽著臉皮回答：「我大哥還沒結婚。」

「有女朋友？」

「沒。」

「男朋友？」

「沒有！」

關薇君那叫一個喜孜孜，她伸出手來，說：「那從現在開始，我是你哥的追求者，請多多指教啊，弟弟！」

我有點呆滯地被強迫握手，現在什麼狀況，「關薇君」想當我家大嫂？想想她和大哥在一起的場景——為什麼我有種自己和大哥在一起的亂倫禁忌感，踏媽低好驚悚啊！

「薇、薇君。」泰文無力的說：「現在第一要務是讓他們願意接納我們，不是嚇跑他們吧？」

「當然不嚇跑，要是嚇跑我的夢中情人了，那我要嫁誰？」關薇君喜得都在原地轉圈了，是真轉了一圈！她捧著心口說：「我這輩子都沒見過那麼棒的男人，那氣勢多麼迫人呀，簡直是頭猛獅，惹到他隨時會被一口咬死，好刺激啊！」

這聽起來完全不是個好老公該有的特質……

「我要回家跟媽說我終於找到真正的男人了，她要有女婿了！」

一招打死在場所有男人，這大絕招的威力真夠強的。

關薇君踏著欣喜的小躍步走到門口，才想起自己的兩個同伴，回頭招呼了一聲「快過來，我們得去安排大家落腳」，隨後又自顧自的哼歌小躍步。

張靖急急忙忙地跟上，泰文則推了推眼鏡嘆氣，對疆域眾人道歉：「薇君就是有點粗神經，其實她人很好，不犯傻的時候特別聰明，實力也很好，麻煩請考慮一下接納我們。」

鄭行作為年長者，出面回答道：「這得看老大的意思，但你們還是做好準備，如果老大不肯，你們就必須立刻離開鎮上。」

「最好啊，不要亂動歪腦筋，否則……」凱恩痞痞的笑著說到這，眼中寒光爍爍，那叫一個笑面虎。

「當然不會，我們只是一群普通人。」泰文看著我們，有些不甘願離開，繼續問：「請問有什麼事情能讓你們更願意接納我們嗎？」

我插嘴道：「把你們的異能整理好送過來，我大哥喜歡有用的人。」

泰文看了我一眼，垂下眼簾，謙卑的說：「好的，我知道了，那麼我回去問問大家。」

他這才轉頭跟上關薇君的腳步，走在她的左後方，真像是屬下一般，若不是知道他有個老婆，我真會以為他喜歡關薇君，但顯然不是如此。
「嘖，我喜歡那個女的。」
曾雲茜第一個開口說話，但說出口的話立刻讓我驚悚了，說清楚點啊，妳是普通的喜歡，還是「那種喜歡」啊？
沒外人在，凱恩立刻拋開玩世不恭的高手形象，嚷嚷道：「來來來，大家開賭局啦！這個女人究竟能不能追到老大？」
「肯定能。」百合冷靜的說：「老大向來不主動，但有送上門的，他只要看得順眼，也不會拒絕。」
是，我家大哥視節操於無物，打小管教都沒用——打從我小時候就努力管教他，還是沒管住。
但大哥從沒領過女人回家，或許他根本不把那些人當作女友。
倒是有個女人自己找上門，是個超級豔麗的大美女，身材波濤洶湧，一上來就抱住我不放，直說弟弟真可愛，我是你大哥的女友云云，然後賴在家裡不肯走，想報警的林伯還被她關在門外，這狀況把君君都嚇哭了。
我給大哥打了通電話，然後再也沒看過那個女人，往後也沒有任何女人再找上門來，我偷偷問過雲茜，大哥是和那女人分手還斷交了嗎？她只說「很可怕，不要問」。

但我真的很好奇，暗中查了一下，因為大哥對我沒有設防，很容易就可以從他的管道查到了。

那女人原來是個殺手，但她也是真的跟大哥有點說不清道不明的關係，據說最後不知為何被大哥幹掉，還拿人頭去領賞金，這點事在道上還挺有名的，各種猜想滿天飛，什麼相愛相殺、殺手與傭兵不能說的故事，愛情與任務的兩難，整個故事情節比八點檔還精采。

但，真相應該是她嚇哭君君，我給大哥下了通牒，讓他女友立刻滾蛋不准再來，於是殺手小姐就滾去地獄，保證永遠不會來了。

「我又不是說砲友，賭的是大嫂的位置！」凱恩的大嗓門引回我的注意力。

「這就難了。」百合思考半天，轉頭問我：「書宇你對這個女人的印象好嗎？」

「啊？」我還在恍神，不知關薇君怎麼就喜歡上大哥了……話又說回來，我家大哥對女人的吸引力之強，根本是賀爾蒙製造機，她會喜歡上大哥，只能證明她眼睛沒瞎。

百合認真的分析：「我覺得老大只要看得順眼，當當砲友甚至女友都沒什麼問題，但真的要成『大嫂』，你和書君的意見可能佔了九成九，老大絕對不會娶一個你們不喜歡的老婆。」

眾人看了過來，凱恩立刻叫道：「書宇不准加入賭局，你肯定會作弊！」

作弊嗎？我有點無力，根本不知道自己該「作弊」讓關薇君追到自家大哥，然後順理成章的把媽媽收來當岳母照顧，還是讓關薇君離我家大哥遠一點，免得我有種自己和大哥結婚了的錯覺。

左右為難之下，我突然用力拍了下自己的腦袋，還真打算插手大哥的婚事不成？我是弟弟又不是爸媽，更何況這年頭就算是爸媽也管不了兒子想娶誰啊！天要下雨，娘要嫁人，就算大哥想娶暴力女，也通通是天意，我還是洗洗睡吧。

結果洗洗後，大哥和小妹就找上門了。

「那個關薇君是怎麼回事？」大哥開門見山就問。

我沉默了一會兒，說：「不知道，但她應該不是我，個性差太遠了，我以前不是那種性格，只是我也搞不清楚她到底是誰。」

聞言，大哥立刻說：「或許只是陌生人，這事太玄了，誰也說不準，你根本不用在意。」

君君也用力點著頭同意。

我沉默了，但冰皇仍舊是大哥，雖然際遇不同造成個性有點差異，但我看得出他們是同一個人，而媽媽的出現更證實這點，那就是我媽，絕對不會錯的，性格完全一模一樣。

那麼就只有我和闕薇君不同了，只有我和她……

我怔然，終於抓住那抹靈光，上輩子是我和他，我是闕薇君；這輩子是我和她，我是疆書宇……

「疆書宇……」

「什麼？」大哥和君君不解地看向我。

她是疆書宇！是冰皇口中那個總被妹妹罵樂觀到沒心沒肺的疆書宇，冰皇真正的弟弟！

我顫抖不已，雙臂上的冰冷得能凍進心裡。

「書宇。」

「二哥！」

大哥和小妹各抓住我的肩膀，兩人都是無比擔憂的神色，他們卻不知道，自家兄弟打從出生就不對了。

我一張嘴，心臟突然一陣緊縮，似乎在警告著最好別說出口，但面對大哥和小妹的神色——他們完全不在乎那個闕薇君是誰，只擔心我的狀況。

我不想再隱瞞這樣的兄妹任何事情，帶著顫抖不已的心，坦承：「她、她是疆書宇，那個闕薇君才是疆書宇！」

大哥一愣，但他顯然沒我這麼當局者迷，瞬間就懂了。

「你們互換了。」

這時，君君突然驚叫一聲放開我的肩膀，大哥卻沒有放手，反而發出治癒的光芒，但我並沒有受傷，為什麼突然幫我療傷？

心慌意亂之下，我只能挑最關心的事情先問：「君君，妳沒事吧？」

我抓起她的手，手掌都紅了，君君卻完全不關心自己的手，直呼：「二哥你的手臂好冰，你沒事吧？會冷嗎？」

手臂很冷不是心理因素？我立刻舉起雙手察看，感覺上，冰紋似乎變淡了……

我立刻脫掉上衣，上臂的紋路要多許多，但此時都剩下淡淡的痕跡，原本銀藍色的冰紋淺得剩下一抹水色，幾乎快看不見了。

冰皇留下來的武器……

我試圖喚出冰匕，冰能凝聚起來，卻遲遲沒有成為武器，直到頭一痛，冰能消耗過量了，不得不停下來。

「對不起……」

冰皇，對不起，讓你錯愛；對不起，搶了你要給弟弟的武器；對不起，讓你的弟弟沒了如此好的哥哥和妹妹。

「二哥！」君君死命抱住我不放，大有哪裡也不讓二哥去的意思。

我深呼吸一口氣，回抱住妹妹溫暖的小身子，或許歉疚，但絕不後悔成了「疆書宇」。

「二哥，你才是我二哥，其他的都不認！」

「好，不認就不認。」我拍著妹妹的背安撫，對方不停顫抖，真是怕得不行了，「君君別怕，誰也不能取代妳二哥我。」

懷中的身子這才不抖了，抬起頭來，水汪汪的大眼直盯著我，「真的？不離家出走，不說你不是我二哥，不受重傷？」

呃……我硬著頭皮說：「絕不再離家出走，我肯定是妳二哥，盡量不受重傷。」

君君對最後一句略不滿，勉強點點頭。

揉揉妹妹的黑髮，我抬起頭來問：「大哥，能收關薇君他們嗎？雖然人數有點多——」

大哥一口應下：「好，只要你不鑽牛角尖，讓我娶她都行！」

「……他上輩子是你弟弟。」難道大哥你一點顧慮都沒有嗎？還敢不敢有點節操了！

「這輩子，你才是我弟弟。」

第九章

這輩子我倆都好

大睡兩天後，我沒逃過雞湯的宿命，但喝在嘴裡食不知味，倒是不難解決。

該是時候去處理關薇君的事情了，再逃避也不是辦法，雖然想出來的解決方案不知可行不可行，而我也遲疑到底要不要這麼做，但這也是唯一一個，我覺得能夠補償關薇君的方式了。

帶著遺憾歉疚的心，我低頭看了看左手腕上的冰紋……咦？顏色怎麼好像又變深了點？雖然沒有回到原本的顏色，但不像昨天那般淡得快消失無蹤。

這忽淺忽深的顏色搞得我心好亂啊！

算了，原本就是不該得的，我強迫自己不要再去在意冰紋，直接出門去找關薇君，結果在房門外就被君君堵了。

「二哥你去哪？我也想去。」

我皺眉，君君要是跟著來，恐怕那件事就……被君君水汪汪的大眼一望，我立刻棄械投降，面對大哥都能硬得很的膝蓋，一見小妹就渾身都軟了。

這輩子就是妹控了，我無奈的應下：「好，不過妳要答應我，無論我做什麼，妳都不能出言反對。」

君君揪緊眉頭，不滿的說：「二哥你又想做什麼了？」

呃，我好像又不打自招了，妹妹的威力怎麼就這麼強呢？

「反、反正，妳不答應，我就不帶妳去！」努力硬起來啊膝蓋！

君君伸出手來比了個二，說：「第一，不准想離家出走，第二，不准傷害自己，其他隨你了。」

我想想，這算傷害自己嗎？

「二哥？」君君的臉都變了，大有從可愛妹子變成張牙舞爪女漢子的傾向。

我連忙說：「好好沒問題，二哥什麼答應你！我們快走吧，我要去找關薇君那夥人，大哥讓我快點下決定要不要留人，否則對方也得快離開去搜尋吃的，等食物吃光再把人趕走，這太殘酷了。」

君君懷疑地一瞥，但沒說什麼，靜靜跟在我背後，只是咕噥：「再受傷就讓你一天三餐喝雞湯。」

等等，原來妳也知道雞湯只是懲罰了嗎？

我無言地領著末日後逐漸黑化的妹妹，走到樓下的時候，大廳正擺著幾台縫紉機，地上滿是鞋子，沙發和桌子都堆了好幾座衣服山，顯然疆域的人完全不知該拿這些東西怎麼辦。

「君君，之後跟我一起改改衣服吧，我想做些制服給大夥穿。」

君君好奇的問：「就是你帶回來的那些衣服嗎？衣服很好看呢，大家都挺喜歡的，鄭叔都直接拿外套去穿了，這樣還要改嗎？」

「當然。」我慎重地說：「要統一改成疆域風格的制服。」

總不能一穿出去，敵人恍然大悟的齊聲喊「原來是 LV 隊伍」，氣勢都送名牌去了。

君君點點頭，高興地笑著說：「好呀，那我要做百褶裙款的。」

早知道了，我點點頭提醒：「記得穿安全褲。」

君君的臉一紅，說：「知道啦，之前就露過小褲子，還被提醒了呢。」

誰提醒的？誰看到了？我殺掉他滅口！

「大哥提醒我注意的啦，二哥你臉別這麼黑啊。」

「……」好吧，大哥看去的話，不算吃虧，反正從小看到大的，別說小褲子，光屁股洗澡都見過，雖然是小時候。

我從桌子上抓起一件外套，穿上後就打算出門。

君君看了就皺眉，「二哥你會覺得冷嗎？」

我搖頭，一邊走一邊跟她解釋：「我在隱藏實力，總不能完全不怕冷的樣子。」

君君立刻說：「那我也去穿大外套。」

我立刻阻止她，說：「妳不要隱藏實力，女孩子在末世越強越好，否則要是有登徒子，妳沒有實力可是會被他欺負的。」

她恍然大悟，隨後又覺得不對，連忙說：「可是二哥，你長得這麼好看，隱藏實力也不好吧，要是有人想欺負你呢！」

我搖頭說：「不會，只要大哥夠強，那就沒人敢動我們，最多是佔點口頭便宜，我又不是女的，隨便他們怎麼說，但妳可不行，誰敢佔妳一丁半點便宜，我和大哥非殺了他不可！君君，為了地球的人口數，妳還是別隱藏實力了，最好強得所有人把妳當女神看。」

君君笑了起來，「好，我一定會很強很強！」

我滿意了，自家出品的女戰神是指日可待。

走出大門，順便和看門的雲茜與凱恩打了聲招呼，雲茜已經把短褲拿來穿了，現在天寒地凍，穿著短褲看起來就是特別的威，旁邊的凱恩沒拿衣服來穿，但一身短袖T恤也是夠威的了。

我看著覺得不錯，之後改制服也不能改得太厚重，越赤裸越好，當然，我家妹妹例外，百褶裙就太短啦，其他不準露！

「書宇。」雲茜喊道：「你和君君去哪？」

「去找外面那群人。」我喊道：「一下子就回來。」

雲茜點頭說：「這樣就能跟老大這個弟妹控交代一雙弟妹去哪了。」

凱恩哈哈大笑：「老大就是愛屋及烏，書宇這麼強，他還擔心什麼。」

愛屋及烏是哪門子的用法，我竟推測不出他原本想說的意思到底是什麼，不過凱恩這話真讓我皺了下眉，下次要跟所有人講講隱藏實力的事情，免得隨隨便便就曝光，那之前的努力偽裝都白費工夫了。

踏出大屋，走過一條街就看見鎮上有了點人氣，不像個死鎮，倒是比較讓人看得舒服多了，只是他們選擇住的地方離大屋真近，若不是雲茜拿著狙擊槍站在哨點，恐怕這些人會選擇全部擠在大屋的隔壁房子吧。

但這也可以理解，畢竟滿世界都是怪物，誰都想住在強者旁邊，除非這強者比吃人的異物還恐怖，其實這種狀況也不少，想知道占領這區的強者是個啥德行，看看居民的表情就知道了。

街上的人看見我和君君的反應都挺像的，先是緊張，但看清我倆的面容就鬆了一口氣，完全不像面對疆域其他人那麼緊張。

我思考了下，詢問一個正在曬衣服的婦人。

「請問關薇君在哪裡？」

婦人顯然認得我，比著一幢屋子說：「薇君就住在那間。」我道謝後走過去，還聽見婦人讚嘆「真是一對漂亮的兄妹」，但嘆卻大過於讚，末日中，長得太漂亮確實不是好事。

我敲敲門，裡面的人立刻把門拉開，一點戒心都沒有，但想想，實力差距這麼大，有戒心也沒用，還不如放寬心。

關薇君親自來開的門，看見那張熟悉的臉，我的心情更複雜了，面前這人就是疆書宇，哪怕困在「關薇君」這等天資遠輸給「疆書宇」的軀體裡，她仍舊這般出色，讓人簡直不敢想像，如果能夠擁有「疆書宇」的軀體，她到底能夠到達怎樣的高度？

而我，真能比得上她嗎？

「怎麼了？」關薇君不明就裡的問：「你怎麼這樣看著我？」

「想跟妳單獨聊聊。」

我看見她的背後有著張靖和泰文，還有個女的，看著很眼熟，好像是泰文的老婆，媽媽不知去哪了，但想想，多半是在做家務，倒是不用擔心，關薇君一直很護著她。

後方的君君「哼哼」兩聲。

「……我和我家妹妹想跟妳單獨談談。」

關薇君連想都不想就說「好」，後方，泰文不贊同的喊：「薇君，至少帶上我。」

「兩個弟弟妹妹而已，我帶你幹嘛？」關薇君一口否決：「要是去見我老公的話，我會帶上你和張靖。」

妳老公……我汗然，不知道接下來的事能不能順利進行。

泰文遲疑了一下，看向我和君君，我倆回看他，那叫一個兄妹齊心裝無辜又無害，他瞬間就被解決了，放鬆神色，顯然覺得自己太過緊張，所以說年紀輕真是天然的偽裝。

解決泰文後，關薇君問我道：「要離開這裡嗎？還是我們上頂樓說就好？我保證泰文他們不會來偷聽，敢來，我就揍到他們粘在牆壁上。」

泰文立刻後退到老婆後方，後者悶笑不已，她是個圓臉蛋的嬌小女性，看著挺可人的。

我同意：「上頂樓。」

跟著關薇君上樓的時候，君君輕聲問：「二哥，你要讓大哥娶她嗎？」

……說得好像古代包辦婚姻似的，妹子啊，我只是個二哥，不是疆家的獨裁爹！

「沒這回事，大哥高興娶誰就娶誰。」

前方，闕薇君的腳步頓了一頓，又繼續踩階梯，這麼近的距離，她也不可能沒聽見。

推開頂樓大門，我看著闕薇君轉過身來，心裡突然有點緊張，兩輩子第一次做這件事，不知會不會成功。

兩個女性都盯著不放，害我更緊張了，真不該讓君君來的。

不管了，死就死吧！

我喊道：「闕薇君，我、我娶妳好嗎？那妳就可以留在這裡，以後，我會好好保護妳的！」

沒法把身體讓出來，就算可以，我也捨不得大哥和小妹，所以只好用別的方式彌補，娶了她，好好保護冰皇的弟弟，還能把媽媽收來當岳母，順理成章的叫「媽」，這是我能想出最好的解決方案了。

闕薇君愣住了，君君也是，兩人的眼睛瞪得之大，彷彿突然看見我瘋了似的，好吧，我承認突然求婚是有點瘋狂，但是，昨天闕薇君也是看一眼就要嫁大哥了，我好歹都看她這麼多天，不用這麼吃驚吧？

闕薇君翻了個大白眼，沒好氣的說：「我對小弟弟沒興趣，閃開，讓你大哥來！」

我為難了，雖然大哥說過可以娶她，但絕對不行，這是我自己的事，哪能讓大哥為此犧牲，娶個他不喜歡的老婆呢！

至於大哥會不會看上關薇君，這不是我要妄自菲薄，但上輩子，我真不是個姿色很高的女人，眼前這個關薇君甚至比我還不會打扮，勉強算是個運動風的清秀女人吧，比起以前找上門的已故美豔女殺手，這簡直都不是同一個物種了。

「什麼表情！我覺得你大哥對我還是有點興趣的！」

我完全不信地看著關薇君。

關薇君冷哼一聲：「不信回家問你哥，反倒是你對我一點興趣都沒有，居然還開口求婚，要不是看在你是我未來老公的弟弟份上，我就揍得你黏牆壁！」

我無奈的說：「我大哥才看過你一次，他怎麼能看上你？他恐怕都搞不清楚你的髮色。」

帶點亞麻綠色調的頭髮，有陣子還挺流行染這色的，但我上輩子就是天生這髮色，不是染的，也不知道是哪一代混了血，才會有這種髮色，媽媽說她也不清楚。

「不知道髮色又如何？」關薇君理直氣壯的說：「他對我的腿一定有印象，他瞄了起碼兩次！」

上輩子，我確實是有雙長腿，但也沒多突出啊……

我一低頭，瞪著她的腿，結實又修長，大腿緊密，小腿的曲線優美，這是有經過一定強度運動的腿，印象中，已故女殺手好像也有雙結實健美的大長腿，莫非大哥就是喜歡這種腿？

上輩子，我是在末世以後才鍛鍊出這種腿，瘋狂逃亡什麼的，大家都懂。

「如果他跟你一樣，對我一點興趣都沒有，我才不會追他呢！」關薇君哼哼的說：「你以為我會不要臉的倒貼嗎？」

怎麼看妳都是倒貼的呀！我扶著額，只能說：「好吧，那你就去追我大哥，追上了就當我大嫂，追不上，我再娶妳。」

關薇君一臉「誰要嫁給你」的嫌棄表情，哼哼道：「要嫁給你，還不如逼張靖嫁給我，他起碼又乖又高呢，頂多以後養壯點就是了，你才不是我的菜，看著養眼倒是不錯，當老公就免了，長得比我漂亮，沒有男人味，看著也養不壯，沒有發展潛力。」

有沒有聽過打人不打臉啊！我這麼拚命吃吃喝喝練練，就是練不出大塊肌，自己就夠哀傷了，你還猛打臉，是想不想當我大嫂了？

「我二哥是很好很好的人！」君君不滿的抗議。

闕薇君笑吟吟的說：「當然，他是個好人，是我配不上他，他值得更好的。」

沒想到我這輩子頂著這張臉，居然還能聽到這麼經典的拒絕詞……

君君一怔，覺得好像是對的，又覺得好像哪裡不對，有點不知怎麼反應。

我看著闕薇君，簡直不知該拿她怎麼辦才是，本來以為最好的方案，人家卻不肯嫁給我，而大哥真會喜歡上她嗎？就算喜歡上了，又能保持節操嗎？末世可是不流行一夫一妻的，若是大哥對不起她……

「你幹嘛總是用糾結的眼神看我？」闕薇君不解的問：「你是以前認識我嗎？」

我深呼吸一口氣，說：「妳就當我神經病吧，闕薇君，妳這輩子過得好嗎？」

闕薇君有些莫名其妙，但看我認真的表情，她也漸漸端正神色。

「我一直過得很好，就算世界末日，一樣好得很，我不知道你在想什麼，但是我這人的個性是不管在哪都能把日子過得好，人生苦短，苦哈哈也是一輩子，笑哈哈也是一輩子，我當然要笑著活一世！」

但上輩子妳可是擁有疆書宇的身體和身分……直到末日前被砸了腦袋，便不曾再醒來。

我突然想起來了，冰皇回到家時，根本沒找到家裡任何人，全家都沒了，而這輩子，大哥一開始就讓我喊回家，雖失去冰皇的能力，但也有了其他異能，重點是，全家都活得好好的。

另一邊，關薇君的母親也在，沒有夏震谷，她們又能加入我們的隊伍，無論如何也能過得比上輩子好。

妳好，我也好，這輩子互換了，我們都好。

我釋然地笑了。

「好，我們都笑著活一世！」

關薇君笑咪咪地揉揉我的頭，贊同道：「這笑容才對嘛，你又年輕又漂亮的，不要苦著一張臉，多笑笑，造福大家的眼睛。」

妳還知不知道現在是世界末日了？

但我竟覺得她很有道理，怎麼辦？

關薇君轉過頭去問君君，「小妹啊，妳看看妳二哥都承認我了。」

等等，我承認了啥啊我？

「大嫂可以跟妳打聽點事吧？妳那位大哥到底叫什麼名字呀？」

我扶額，名字都不知道呢，就口口聲聲自稱大嫂，硬是要嫁給大哥，這……眼光真是不錯，起碼比我好多了。

「疆書天。」君君乖巧的回答。

關薇君一臉理解的說：「你二哥是書宇，那麼說來，你就是書君囉？一直聽到君君的。」

君君點了點頭。

關薇君自來熟的說：「君君真是漂亮的女孩，別怕，以後大嫂會幫妳篩選，爛男人都別想靠過來，不是我要說，妳大嫂我的眼光可是超好的呢，以前幾個閨蜜讓我看過男朋友，一個個不是擺脫爛男人，就是嫁了好老公喔！」

妳這個性還能有閨蜜？妳確定她們是女的？

聞言，君君朝我看過來，眼帶同情，不放棄的澄清：「我二哥是好人，他不是爛男人，真的！」

君君妳不說，我還能不想起來剛剛被拒絕的事情啊！

「哎唷，他當然不是爛的，就是嫩了點美了點瘦弱了點，不太符合我選老公的條件，喜歡他這種花美男的少女……呃，或者男人可多了，那個辰沙不就被迷得團團轉嗎？哈哈，今天求婚這事可別說出去，要是被那個冷冰冰的辰沙知道了，我可打不過他。」

我立刻澄清：「我們只是偽裝成情侶，方便靠近說話而已，我們不是一對的。」
關薇君一怔，點點頭。
君君好奇的問：「那薇君姐妳選老公的條件是什麼？」
都叫姐了！我就知道，關薇君這個性很難讓人討厭，君君又很習慣大哥的沒節操，對於她大剌剌喊著要當大嫂，根本沒有多少牴觸，反正怎麼也糟不過已故殺手小姐。
關薇君雙眼放光的喊：「當然是氣勢無雙，身材一流，一個眼神就能讓人膽寒，狂霸威武的真男人！」
君君大力點頭，「那我大哥是真的很符合，他真的很厲害喔。」
「我第一眼就知道，你家大哥應該不是普通職業吧？」
「是傭兵團長啊。」
「喔喔這職業太酷太搭調了！妹妹啊，你一定要幫我追妳家大哥啊，拜託了！以後我一定會對妳很好很好。」
「也會對我二哥好嗎？」
「一定！」
「那我幫妳！」

我無力了，第一次求婚就被打槍，還是直接用機關槍掃到爛，現在連妹妹都叛變，轉眼把大哥都給賣掉了，這末世的妹子到底都怎麼了？男人的心都累了，還是回家玩小容吧。

「書宇。」關薇君突然喊住我。

我回過頭去，雙妹看著我，一臉驚奇。

「你的左邊袖口在發光耶，你沒事吧？」

我一怔，連忙舉起手來，扯開袖子朝手腕看去，上頭的冰紋發出淡淡的光芒，銀藍紋路清晰無比，顏色完全不比以前淡。

忍著心中的激動，我再次凝聚匕首，只是一瞬間，左手便握著一把冰匕首，甚至比進蘭都時化出的冰匕更厚，而且形狀更加完整，隱約都有最初看見時的丰采了。

手上的冰匕寒氣逼人，但這次卻不再凍人，手臂反倒感覺溫溫暖暖的，雖然其他部分穿著外套看不見，但我感覺得出來，冰紋應該全都回復成銀藍色，不再淡到幾乎消失無蹤。

「哇喔，這刀可真漂亮。」關薇君讚嘆道。

我聊勝於無的解釋：「我能化出一把匕首。」

關薇君緊盯著那把匕首，笑說：「我就跟泰文說吧，這時候進蘭都，還敢分頭救人的，怎麼也不可能是個沒用的傢伙，他卻說你長成這樣，從小到大一定被保護得很好，是個廢渣也不奇怪，辰沙又那麼強，足以保護你了。」

「我二哥——」君君高喊到一半，似乎是想到隱藏實力這點，脹紅臉，改口喊：「從小照顧家裡，家事一把罩，還會教我縫娃娃、做蛋糕，帶我去白雪公主餐廳吃蘋果派，他才不是廢渣呢！」

……關薇君看過來的眼神，充分表達出「你果然不是我的菜」。

心好累，還是回家玩小容吧。

轉頭走下樓，泰文和張靖都坐在客廳，一臉的沉重，一看見我下來就立刻站起身來，緊盯著我，沒說話，但大有著不見關薇君就不讓我走的意思。

不考慮關薇君的身分，她真是個人才，一個女人竟能有這般掌控力，實在不容小覷，如果大哥真能喜歡上她，我一定幫她好好管住大哥的節操，這次絕對不會教育失敗！

我的拇指朝後一比，這時階梯傳來腳步聲和兩女性的聊天聲，泰文和張靖都是一鬆。

我朝階梯喊道：「君君，我要走了，妳要回去嗎？」

君君回喊：「二哥你先走吧，我跟薇君姊說一下大哥的喜好。」

「……好。」

我無奈的回答完，收到泰文和張靖的同情目光，竟有種戰友的感覺。

「她一直都這樣嗎？」

泰文推了推眼鏡，說：「一直，我老婆是她從國中以來的閨蜜。」

哇操，原來你就是那個被驗證過的好男人嗎？我看向沙發上圓臉甜甜女，這是關薇君的閨蜜？性格也差太遠了吧，說是她養的小寵物還差不多——我該不會真相了吧？

我汗然，難怪關薇君立刻拉攏住我家小妹，根本是多年來養閨蜜的成果！

「我先走了，你們……」我深呼吸一口氣，下了決斷：「安心留著吧，之後會有人來安排好你們，但你們要知道，留下就得工作，天下沒有白吃的午餐。」

泰文立刻問：「主要工作內容是什麼？」

「目前應該是建設基地和鍛鍊，有戰力的人需要進蘭都搜索物資。」

聞言，兩人都放鬆了。

「這沒問題。」泰文鄭重的說：「多謝，我知道是我們佔了便宜，就算短期內沒有辦法償還，但至少不會拖後腿，建設基地更是不會偷懶。」

我點了點頭，那倒是好事，大哥之前提出的基地藍圖真的太巨大了，若只靠疆域的人來建設，實在是天方夜譚，更何況這裡只是臨時基地，可不是最終落腳地，不會五年十年的建設下去，花超過一年都不划算，還不如去打結晶呢！

大門突然被人大力踹開來，所有人都嚇了一大跳，張靖還是真的往後跳了好大一段。

我冷靜的看著門口的人衝進來，曾雲茜氣喘吁吁的喊：「書宇！快來。」

「書君，下樓，跟我走。」我沒回頭，只喊了一聲，聽見匆忙下樓的腳步聲後，我立刻跟著曾雲茜走。

泰文急喊：「等等，發生了什麼事？」

「在這等著。」曾雲茜厲道：「這是命令！」

泰文一僵，這時，君君和關薇君也到了，後者直問：「我能跟去嗎？」

曾雲茜轉頭看我，關薇君三人愣了一愣，也看向我，神色有點驚訝。

「在這等著。」我拋下一句就走。

看來隱藏實力這點太難瞞過關係近的人，之後要跟關薇君和她的左右手交點底，不用老實交代實力有多少，但我不是個需要人保護的傢伙，這點倒是不用隱瞞了。

曾雲茜立刻帶路，一離開屋子，我立刻問：「怎麼了？」

「有大批人朝著小鎮過來。」

我皺眉問：「路過嗎？」

曾雲茜一搖頭。

「直衝而來！」

第十章

冰槍

爬上鐘樓改建的哨塔，我遠望，果真有一群人朝著懷古小鎮而來，那起碼有一兩百人，而且方向很明確，就是懷古小鎮！

但這怎麼可能呢？蘭都就在小鎮後方，這個時期，大夥都是想逃出城市，怎麼會有這麼一大批人朝這個方向過來？

這只是一個巧合，或者是衝著我們來？但對方怎麼知道這裡有人……我一怔，突然想起一件事情來，莫非是……

這時，雲茜和書君也跟著爬上來了，雲茜從旁邊拿來一副望遠鏡遞給我，同時解說：「凱恩去通知老大了，看起來情況很糟，對方有武器，有些人穿著軍裝，不知是不是真的軍人，但武器肯定是真的。」

我拿著望遠鏡，在人群中尋找目標，不是那麼難找，有個特別高的傢伙，並不難看見。

「是真的軍人。」

曾雲茜一怔，疑惑的問：「你怎麼知道？他們的樣子是頗像，但就算是我們這些傭兵，要裝出軍人樣，也不是很難的，說到底，兩種人也沒多大差別。」

放下望遠鏡，我氣得都想殺人了。

「因為我認識裡面兩個白癡！」

吼完，我直接跳下哨塔，跑向鎮外，一跑到沒有人的街道，化出冰刀來滑行，不過十來分鐘就到了鎮外，轉個彎就能看見那群人。

收起冰刀，我走出去，一步步朝著人群走過去，對方似乎也看見我，但因為只有一個人，他們倒是沒有太過緊張。

走過去的時間，我忍不住想到接下來該怎麼收場，越想越是火大，只想把對面的某些人活活凍死。

一個人衝出人群，欣喜若狂的衝上前來，還大喊：「小宇！」

我握緊拳頭，努力壓抑當場痛揍他一頓的衝動，怒吼：「你，還有後面那傢伙，都給我過來！」

後方又有一個人緩緩走出來，不如前面那個欣喜，他相當冷靜，比以前見過的時候要嚴肅，但臉上也掛著笑容，強忍激動，宛如落難多日後終於獲救。

冷靜冷靜，我還要隱藏實力呢，當著數百人的面痛扁這兩人，那還隱藏個屁……踏媽低，這些軍人可能十之八九都見過我的實力！

吐血的心都有了，將兩人帶到一邊，我轉過身去面對他們，其中一人那張歡喜的臉讓人很想重踹他一腳，如關薇君說的，讓他黏牆壁去！

「陳彥青！」

他嚇了一跳，立正回答：「是！」

我怒吼：「我讓你可以帶一些人來，你他媽還真的不客氣，直接帶幾百個上門啊？」

陳彥青手足無措，結結巴巴的說：「他、他們都是一般民眾，大部分是之前收容所的，有些是沿路救的。」

「還沿路救？」我想凍醒這個笨蛋，「你有想過這些人要怎麼養活嗎？」

陳彥青的臉都脹紅了，搖搖頭，看起來有些氣餒。

另一個高大的傢伙，阿諾，解釋道：「我們是軍人，不能拋棄平民。」

我只覺得煩躁到極點，他們是不拋棄民眾的好軍人，所以讓人想收他們，但也因為這個好品行，他們直接帶了數百民眾上門來，這到底在開什麼玩笑！

關薇君是我媽的女兒、冰皇的弟弟，收他們六十個普通民眾，我都還得想想呢，更何況這夥有數百人，裡面有民眾也有軍人，那叫一個亂字，讓我一口氣全收，憑什麼啊！

阿諾解釋：「我們有不少軍人，也有武器，可以到城市搜尋食物，養活一般民眾，只是需要一個安全的落腳處。」

我怒道：「你以為每個軍人都是品行端正犧牲自己的大好人嗎？你之前還能管

著他們，甚至讓他們一人養四、五個平民，原因是什麼，難道你這聰明人不明白嗎？還不是為了能抵達你口中的『安全落腳處』！」

阿諾沉默了一陣後說：「他們都是老戰友，不會亂來。」

我冷道：「末世最擅長的事情就是把人變得亂來，別說你口中的老戰友，你以為我就信你嗎？」

阿諾抬眼看來，笑容已蕩然無存，「那麼你是不收我們了？」

「我能怎麼收？」我咬牙道：「這人數，我是真的吃不下來，就算我肯，團裡其他人也不肯！」

陳彥青一副氣餒的神態。

阿諾倒是沒有發怒，這點讓我對他的觀感更好了些，他皺眉思考了一陣子，說：「我們的人是太多，也不為難你了，讓我們駐紮在鎮邊就好，就在這裡，只需要一條街就夠了。」

我握緊拳頭，一口否決：「不行。」

阿諾這下真有些怒了，說：「我們千里迢迢過來，一路逃命，沿路死了多少人，你知道嗎？好不容易到了，剛有點指望，你卻連個鎮邊都不讓我們落腳？」

我懂，我更知道，上輩子經歷的逃亡日子還少了嗎？那種不見一絲希望的絕地，死不過是早晚的事，每天都在想著自殺說不定是更好的選項，好過落得被活活吃掉，但又總是不敢死……

那種噩夢，就算過去這麼久，仍舊歷歷在目，清晰得讓人恐慌。

所以，我才會這麼汲汲營營地想變得更強，我也絕對、絕對不會讓疆域的任何人落到那種處境！

阿諾似乎看出我沒有動搖，怒道：「這是國土，你們不能佔地為王。」

我怒吼：「現在誰不佔地為王？少跟我說國土，現在全世界都是異物國度，只有一條法律，吃或者被吃！」

阿諾的臉色沉了下去，非常之難看，我想他若不是顧慮我的實力，早翻臉了。

陳彥青看看阿諾，又看看我，低聲下氣的懇求：「書宇，我們真的很累了，一路走過來，我們要保護這些民眾，躲躲藏藏，每天行進的距離都很短，走到現在才好不容易抵達，彈藥和食物都不多了，至少讓我們留幾天再做打算。」

聽到這話，阿諾臉色一變，狠瞪向他。

不能心軟、不能軟，我現在是男人，一定要硬起來啊！但連幾天都不給人家嗎……尼馬，我這輩子八成都得當個軟蛋了！

「我給你們三天休整。」我咬牙說：「三天後你們就給我滾！」

見狀，陳彥青鬆了口氣，阿諾也不再黑臉，還朝陳彥青丟去一眼，表示幹得好。

眉來眼去的，當我是死人啊！不要以為我看不懂你們現在的表情叫做「走不走，三天後再說」。

兩人回頭去招呼隊伍的人過來，我努力保持冷靜，看著那一大群人走進鎮來，試圖數出有幾個軍人，一、二……八……十五……越數越心慌，現在反悔叫他們立刻滾蛋還來不來得及？

「書宇。」

我一怔，回頭看去，大哥和其他人都過來了。

頓時有種心虛的感覺，不小心遇上個關薇君，就收回來六十人，現在又來了幾百人，我簡直不知該怎麼面對大哥，感覺自己就是個麻煩製造機，馬達還很強勁咧！

大哥領著疆域眾人走過來，他的威壓全開，疆域明明不到十人，卻壓得這邊數百人鴉雀無聲，陳彥青和溫家諾等軍人更是如臨大敵，武器都舉起來了。

我惡狠狠的吼：「放下槍！那是我大哥！」

兩人放低槍口，其他軍人才跟著漸漸放下來，卻仍不離手，讓我有種想把他們通通打趴下去的衝動，敢拿槍對著我大哥？小心我把你們通通都拿去做刨冰！

大哥走到我的身旁，眼神緩緩掃過眾人，對面那群人原本就被威勢壓得喘不過氣來，再看見他這不怒而威的眼神，整群都快炸毛了。

他問我，「這些人，做什麼的？」

我指著溫家諾和陳彥青，說：「這兩個之前在回家的路上認識，在衛軍塔那邊一起行動過。」其他人果斷不理！

大哥淡淡地瞥了阿諾和陳彥青一眼，「軍人？」

兩人竟像面對長官一般，肅然回答：「是。」

「你領頭？」大哥準確地判斷出阿諾才是下決定的人。

阿諾遲疑了一下，說：「是。」

大哥朝後方看了一眼，問：「人數統計。」

阿諾沉默了一下，但沒多久便識時務的照實說：「軍人四十二名，民眾約兩百人上下。」

聽到這數字，我臉都黑了，四十二個軍人，足足是疆域的四倍之多。

大哥淡淡的說：「繳交武器和物資後可以留下，不想交，就離開。」

阿諾強自鎮定，試圖討價還價：「這未免太強人所難，異物太多了，我們需要武器才——」

「或違抗我，就——」

大哥舉起手朝向旁邊的樓房，能量一口氣爆出去，人行道座椅、玻璃櫥窗、裡面的商品，甚至整間屋子的一樓，能量所及之處，所有東西徹底瓦解，點點碎屑飄散在空中，最後蕩然無存，連點灰都沒有剩下。

「死！」

對面眾人的臉色都變了，槍枝握得死緊，卻沒有任何人膽敢把槍口對向大哥。

「你們可以待在這裡往外的地方。」

大哥比著破碎的屋子，說：「想進來的人，帶著武器和物資過來上繳，我給你們三天時間想清楚，不想交東西的人就滾，三天後，這裡除了死人，不會有別種人。」

聞言，眾軍人的臉色都不大好看，後方的民眾更是不少都抓緊背包。

這時，一個人突然走到我的身邊，直接把手上的槍交給我，還從軍靴抽出刀子來，一副要遞過來的意思。

我翻了個白眼，誰想拿臭靴子裡的刀。

「自己拿著。」

陳彥青「喔」了一聲，喜孜孜的把刀收回去，十分慶幸還能留把刀，這人生還真夠沒追求的了。

阿諾的表情看起來無奈至極，卻也沒說什麼。

陳彥青略帶尷尬的說：「反正本來就是要留下，有沒有槍又不是大事。」

阿諾仰天嘆道：「天要下雨，戰友要嫁人，我還能怎麼著？」

聞言，大哥瞄了陳彥青一眼，幸好，他沒說出啥破壞形象的話來。

「不是，你們想岔了！」陳彥青急急的說：「阿諾，你們也過來吧，幾把槍算什麼？你難道忘記了嗎？在衛軍塔那邊，小宇他——」

我重重巴了他一腦袋，他始料未及，差點就趴地上吃土了。

陳彥青摸著後腦看向我，一臉的無辜不解。

「你先留在這幫阿諾吧。」

我都不忍了，對面那些人看著阿青立刻叛變的舉動，一個個的表情是不意外，但又感覺無比蒼涼。

但其實陳彥青真不是見色忘友，而是他在我旁邊的時間多，對於我的能耐，他看得比其他人更清楚，所以對於放棄槍枝這點，根本毫無障礙，因為他知道這把槍絕對不如留在這裡好好學習異能，更何況他們還快沒子彈了呢，也就對面這幫軍人槍拿久了，腦子轉不過來，還不如阿青靈活。

是說，對面既然誤會了，我把阿青留下來，會不會害他被眾人圍毆？

陳彥青似乎沒這顧慮，高興地說了聲「謝啦，小宇你真是個好人」，隨後又跑回去了。

尼馬，最近好人卡都快收集成冊啦！

「書宇，跟我走。」大哥不滿的說：「你年輕心軟，容易被人利用。」

「是，大哥。」我乖巧的跟在大哥背後，利用大哥的威風來襯托自己其實沒多強，試圖隱藏點實力。

目前看起來，成效還真不錯，大哥一出現，我立刻成了小透明，終於成功找到隱藏實力的方法了——站在大哥旁邊，萬物皆雜草！

大哥領著眾人離去，走一段距離後，眾人嘰嘰喳喳起來。

凱恩讚嘆道：「書宇，你收小弟小妹的速度跟坐飛機一樣，轉眼就收了數百人，厲害厲害！」

我也覺得自己很厲害，怎麼講句話就能弄個數百人回來，哭的心都有了。

「大哥，要是所有人都留下來，那怎麼辦？這也太多了吧！你不要顧慮我，想趕就趕走吧，我頂多留個陳彥青就好。」

如果阿諾肯留下，那我也挺想要他的，他的能耐看起來比阿青更好，是個人才，但也因為他是有能耐的，所以領了隊伍的頭，要單留他恐怕是不可能的事。

「人不多。」大哥卻這麼說：「小殺把上官家的狀況都告訴我了，我們若要打下蘭都，並且守住這塊地盤，不被其他人搶奪，需要的人手會非常多，這數百人不算什麼。」

我一怔，這倒也是，比起南邊的軍區，我們的人少到快可以忽略不計了，我和大哥或許可以一擋幾十，但這還得是不被幾十支槍枝掃射的狀況下，其他團員卻沒有這麼強，我們能打個數百軍人就算超乎預期了，可是軍區恐怕不只這個數量。

「這些人現在送上門，倒算是剛好，末世剛開始，他們從安逸的日子到顛沛流離，又被異物追著跑，活在被吃的恐懼之下，現在給他們一塊安穩的落腳地，很容易就可以養出他們的歸屬感，為了不失去疆域的庇護，他們會很聽話，不容易背叛。」

我思索一陣後，發現還真是如此，如果上輩子在末世開頭能找到一支可靠的隊伍和安穩的居住地，別說一把槍，我連男朋友都能毫不猶豫地丟掉！反正那時候，他都開始跟有的沒的女人搞曖昧了，可靠度下滑的速度跟溜滑梯似的。

我苦笑道：「是我太短視近利了。」

長期來看，現在收人確實是對的，只是一下子來了這麼多人，還是自己招惹來的，這實在嚇到我了，經大哥一說，我才轉了念頭，這些軍人至少是讓人感覺品行良好的人，更往後的日子要收四十多個有操守的軍人，比路邊撿鑽石要難多了。

「是我們的人太少，讓你有所顧慮。」大哥拍了拍我的肩膀，「如果是以前，我也不可能收下這麼多人，但是現在，異能的優勢太強了，若我們想殺光那兩百人，真有那麼難嗎？書宇，你沒那麼弱吧？」

疆域眾人聽到大哥的話全都是一愣，不敢置信的看向我。

我沉默，想起自己殲滅的蝴蝶和毛蟲團，有槍的軍人或許可以試試一個擋兩隻毛毛蟲，還不見得能贏，沒槍的普通人那是只有被打的份，更別提實力更高的蝴蝶了，真要說起來，這兩百多人只有四十個軍人，戰力根本不如蝴蝶和毛蟲。

而我身後可是還有大哥和疆域，這忌憚似乎真有點沒道理了。

「我是不弱，就是膽子小了點。」

因上輩子的經歷嚇破了膽，竟沒有自己是個高手的感覺，只想到中後期那些異物和高手的能力，嚇都快嚇死了，永遠都覺得自己不夠強，根本追不上那些高手的腳步，竟忘記現在不過是末世半年，大多數人連結晶都沒見過，自己卻已是二階頂端，還動手幹掉一隻差點升三階的傢伙。

能在這時間點遇到即將升三階的蝴蝶，真不知是疆家人衰，還是那隻蝴蝶比較衰，若是阿諾那兩百多人遇到蝴蝶和毛蟲團，肯定立刻繞道走，而我可是帶著小容和冰片般的冰匕就滅掉蝴蝶和毛蟲團。

自己到底在怕什麼？

我就是，缺乏高手的自信吧。

大哥不滿的說：「你若是落單，膽量倒是高過天，只怕遇到什麼異物，你都敢衝上去，但若是事情會扯上身邊的人，你連膽都沒有！這點要好好改改，應該反過來才對，別總是自己一個亂來，讓團員都缺乏鍛鍊，他們開始不滿意了，小殺說跟你進城根本沒危險可言，打算要自己進去。」

我看了小殺一眼，解釋：「我只是怕有傷亡，我們的人這麼少，任何一個都損失不起。」

大哥笑了一聲，淡淡的說：「他們再缺乏鍛鍊下去，有什麼好損失不起，反正活著也是米蟲，我的疆域不養蟲。」

這話可真狠！我愕然看向大哥，這些可都是出生入死的夥伴，而且你還當著他們的面說，這樣對嗎？

「書宇，對我的團員來說，最可怕的不是死，而是自己成了沒用的傢伙。」

鄭叔感嘆的說：「老大這話是真的，我身手本就不算頂尖，年紀又大了，比不得你們這些年輕小夥子，幸好異能還有點用，建設基地就看我這老的吧，千萬別嫌我身手不夠。」

是呀，在末世，要死何其簡單，沒用地苟延殘喘才是最可怕的折磨，上輩子還體驗得不夠嗎？

我終於徹底想通了，安慰鄭叔說：「不用擔心，結晶吃多了會變年輕，鄭叔很快就成鄭哥了。」

「真假？」眾人一臉見鬼的表情。

我點頭，「真的。」

大夥的表情都有點古怪。

「這是要長生不老了？」

「不知道。」我老實說：「我只知道十年後的事情，那時離長生還遠著呢。」

況且，末世的死亡率這麼高，別說長生，要不想早死都困難重重，就連頂階十二強者的冰皇都能因為這樣那樣的原因，沒能親自驗證永生這點，更何況是其他人呢？

況且，十年後，似乎有什麼大狀況發生，那時候，整個世界的狀況又會變成怎樣呢……

「書宇。」

「啊？」我抬起頭來，一臉茫然的看著大哥。

「回房間去想，別擋在路中間。」

「喔。」我默默地回房玩小容，心裡還是存了點顧忌，想與小容把默契練好了，若是那兩百多人真的出問題，自己也有足夠的實力直接碾壓他們。

回到房間，我立刻脫掉外套和上衣，赤著上身面對鏡子研究冰紋，果真沒錯，雙手的冰紋通通恢復成銀藍色，與先前沒有兩樣。

舉起左手，我呼喚冰匕，冰能立刻凝聚出匕首的形狀，如果不是錯覺，它比之前更厚一些，形狀也更完整了。

帶著試試的心情，我呼喚冰皇槍，但這一次，什麼事都沒發生，槍仍舊一點影子都沒有。

這兩把武器不但看實力，還得看心情嗎……但我沒得抱怨，原本就是不該得的東西，現在有冰片匕首可用，就該跪謝冰皇了。

若不是這把匕首夠鋒利，還有冰皇不知怎麼改造了小容，讓他變成我的召喚獸之類的存在，我是不可能獨自解決蝴蝶和毛蟲群的。

我招了招手，小容從角落的盆栽裡把兩條根鬚拔出來，然後胖短根鬚像兩條腿一樣邁步走過來，這棵樹模仿人走路模仿得還真像，搖搖晃晃的，像是剛學步的小娃。

抓起小容，半透明的他乍看總像裝飾品，不似真正的植物，卻十分漂亮。

「小容乖乖聽話，二哥讓你吃結晶吃飽飽！你能不能這樣做……」

❖

龜在房間玩小容三天後，陳彥青和阿諾帶來的兩百多人，毫無意外的選擇留下。

光是陳彥青之前懇求時透露出來的話，大概就知道他們肯定會留下，缺糧少彈藥，沒子彈的槍就是一塊鐵，繳出來其實也沒多心疼，他們就是一時腦子轉不過彎而已。

收入兩夥人，疆域一口氣吃成三百人的胖子，雖然物資還能撐一段時間，但人數多的關係，若不早點開始蒐集物資，恐怕到時候就有糧荒了。

我想起種田的事情來，物資裡有不少植物種子，現在種出來還能吃，但過兩年後，種出來可能會反被吃，末世第三年又被稱為死亡元年，饑荒加上冬天的溫度降到一個新低點，待屋內裹棉被都能活活凍死。

當時，大家餓得發了狂，見什麼吃什麼，吃人這種事都不少見了，最後，飢餓終於贏過對死亡的恐懼，人類開始磨刀霍霍向異物，那段慘烈的時期還真挖掘出不少能吃的異物，植物的、動物的，還有不知道該算啥物的……

如果我能提早找出那些異物，加以種植或者圈養，即便收再多人，食物也不會是問題了。

只是要找特定異物可不是容易的事，這不是我一個人能夠辦到的事情，讓所有人去找也不切實際，肯定會被發現不對勁。

疆域越收越多人，裡面絕對會有很多不可信任的傢伙，找特定異物這事若傳到別的勢力耳中，例如分子研究所，肯定會引起懷疑，等到那些異物的作用被發掘出來，這先知的行為會讓疆域被推到風尖浪口。

若是重生的事情讓外人知道了，我會不會像十三一樣被塞進圓筒做實驗？

想到這，我便是一陣害怕，若是自己被塞進圓筒，如此護弟愛兄的大哥和妹妹，恐怕早已……

額上青筋不住的跳動，我不能再繼續想像那種狀況，否則殺人的心都有了。

想利用重生的優勢做點事，卻又顧慮重重，若是自己有必勝分子研究所的力量，豈需顧慮這麼多？

我喝道：「疆小容，過來，我們再試一次！」

透明的樹枝像是天羅地網般朝我猛撲過來。

成、成功了……

「哈哈哈——」

檢視完成果，我忍不住笑了，整個人放鬆躺倒在床上，如果再遇見一次蝴蝶，肯定不會再把自己搞成七彩霓虹燈！

結果躺上床就突然昏昏欲睡，疲倦感席捲而來，我索性閉上眼，沉沉睡去……

誰知再次張開眼，竟是因為差點窒息。

將臉上的樹撕下來往地上一丟，我怒吼：「疆小容，你幹嘛趴在我臉上，還抓得那麼緊，想謀殺你二哥啊！」

餓！

「……」我一定是太餓了，居然出現幻聽，彷彿聽見一棵樹喊「餓」，沒有聲音，而是直接出現在腦海中，真是太詭異了。

疆小容的枝條糾結成一小團趴在地上，這沒出息的樣子看著還真像餓得趴下了，我從桌上拿起銀酒壺，一倒出結晶，一團樹立刻彈過來，動作迅速，剛才奄奄一息的好像是別棵樹。

餵了整整一把結晶後，我突然略有罪惡感，這結晶不餵人倒是餵樹去了，但想想，也沒幾個人有我家小容有用，末世裡，人不如樹算什麼，將來還可能不如螻蟻呢！

小容吃飽喝足就纏到身上來，乖巧地順著背心的形狀纏繞，宛如一件半透明馬甲，我想了想，伸手穿上外套，打算出門去看看那三百多人安置得如何了。

三樓會議室的門沒關，眾人來來去去，忙得不可開交，見狀，我突然有點心虛自己這幾天有了點靈感就躲在房間玩小容，連飯都是君君送過來的，完全沒理會三百多人安置的問題，這些人還是我惹來的呢！

眾人抬起頭來看我一眼，繼續去忙了，滿桌子都是圖紙，其中叔叔、鄭行拿著圖紙討論得熱火朝天，丁駿忙著用紙筆記錄他們說的細節，不時還得動手畫圖給兩人看，看見我進來後，他的臉一僵，低下頭去畫圖。

百合看起來應該是負責安置人手的主力，書君、蘇盈和嬸嬸都在幫忙她，三人不時領到指令就風風火火去做事了。

雲茜、小殺和凱恩不在這裡，我猜八成是在哨塔和大門口警戒，外頭有三百個陌生人，疆域只派三個人看門，不是自大，實在是沒人手之下的無奈之舉。

整個會議室充滿「忙」字，唯一沒在幹活的人是坐在主位上的大哥，他望著一盒子結晶不知在思索什麼，食指頗有規律的敲著桌板。

這些結晶是我打完毛蟲回來上繳的，還是硬著頭皮給的，當時，小殺看到這麼多結晶，臉都黑了，那控訴的眼神彷彿我撇開他，自個兒偷溜去吃大餐。

大哥看過來，笑說：「終於肯出來了？都十來天了，我還在想，至少聖誕節得把你拖出來吃頓晚飯。」

嗯？居然超過十天了嗎？我還以為頂多才七、八天，看來真是練得忘我了，也不知最後到底睡了多久，讓小容都餓到求餵食。

大哥揚眉問：「怎麼捨得出來？」

「喔，我要組個自己的隊伍，想跟你要些人。」

「你想要哪個？小殺？雲茜？」

我搖了搖頭說：「疆域的人太少，全部都該是獨當一面的隊長，不能當隊員，頂多……」

我看了一圈，直接跳過丁駿，沒興趣擺個臭臉男在身邊……蘇盈！對了，她是精神系能力，比起戰鬥能力，這能力對我要做的事情更有用啊！

「蘇盈吧。」

她嚇了一大跳，花容失色，望過來的眼神驚恐至極，好像自己剛被魔鬼挑去做媳婦了。

我有這麼恐怖嗎？給我仔細看看這張臉啊！我略偏了偏頭，朝她扯開一抹笑。

蘇盈確實在瞬間露出驚豔的表情，隨後卻更驚慌了，我都能從她臉上讀出「魔鬼的誘惑」這五個字來。

大哥看了看我，又看了看蘇盈，說：「書宇，若你想挑這麼多個，那就繞過小殺吧，免得分手之後不好相處。」

「……」

分你個頭！誰跟小殺交往了！被你這麼一說，蘇盈都抱著胸躲到百合背後去，好像我是什麼來者不拒的大色魔！

我怒瞪大哥，「我比大哥你有節操多了！才不會挑多個呢！」

大哥老神在在的反問：「你沒打算挑陳彥青？」

我沒……是打算挑他沒有錯，但挑來是要當隊員的啊！

大哥搖了搖頭，「隨你吧，若小殺自己願意，我也不好說你們什麼，到時記得公私要分明就好。」

等、等等啊大哥，小殺完全沒有願意這回事，你別就這麼把他嫁掉。

「你多挑了蘇盈也好。」大哥欣慰的說：「姪子姪女有望。」

我這是該揍大哥呢？還是揍大哥呢？還是揍大哥呢！

大哥突然話鋒一轉，嚴肅的說：「百合正在安排眾人的去處，你還要哪些隊員就趁早去挑吧，挑完記得回報一聲，讓她好做事，順路的話，幫我把關薇君和她的左右手找來。」

「你找她做什麼？」我內心的八卦之火立刻熊熊燃燒，莫非才十來天，關薇君就把我大哥弄到手了？以我家大哥的無節操來說，這還真有可能！

「我們的人太少，真的不夠用，找她進來當主成員。」

我一怔，沒想到大哥這麼快就信她了，真不愧是……上輩子的親弟弟。

心裡突然有點酸，但隨後，我卻想打自己一巴掌，搶了人家身體，還不容許大哥對人家好一點了？有沒有這麼小心眼！

大哥摸著下巴說：「過幾天把人拉上床後，忠誠度應該就沒問題了，可以餵點結晶，免得實力太差鎮不住人。」

……大哥你敢不敢有點節操啊！

「大哥你是賣身呢？」我咬牙說：「其他女人自己爬床的就算了，但她不一樣，你若不喜歡人家就不許給我亂來！」

大哥看著我，略無奈的說：「你連關薇君也喜歡？」

……這完全無法溝通了。

與其跟目前腦袋不正的大哥說話，不如去組自己的小隊實際點。我扭頭就走，還不忘去把蘇盈從百合背後抓出來。

「真生氣了？老大逗你的啦。」

「大哥你、你又欺負二哥……呵！」君君妳幫我討公道的時候，可以把笑聲忍住嗎？

「哈哈哈，哎唷有夠好笑，小殺不在這，實在太可惜了啦，我一定要去跟他說！」

後頭傳來眾人的笑聲，連大哥都低低地笑，這些傢伙……都世界末日了，可以認真點嗎？

「書宇，你的小隊想好名稱了嗎？」唯一認真的百合問道：「有的話，我順便幫你登記一下。」

我停下腳步，本想說「沒有」，但一個回頭，名稱卻自行跳進腦海來。

「我的小隊叫『冰槍』。」

—待續—

番外篇

不祥的數字

「阿燕，快跑！帶小雅跑！」

眼前的女人哭得滿臉是淚，懷中還抱著一個小孩，聽了他的話原本轉身打算跑，卻突然瞪大眼，把小孩往旁邊一拋，衝上來把他撞開，發出淒厲的慘叫，直到她的身體突然一個強烈震動，一隻手從她的後心口穿了出來，叫聲停了。

阿燕……

「爸爸——」

他轉過頭去，看見自己的女孩正跑過來，背後卻是一隻怪物正朝她撲上去，他立刻衝上去，在最後一刻把女孩護衛在身下，卻是白費工夫，他也被穿了個洞，壓在地板上動彈不得，眼睜睜看著女孩被另一隻怪物拖走、撕扯，再也不會哭喊……

他心已死，接下來都麻木不知人事。

這裡的似乎都死了……

嗯？這個好像還有一口氣在，原來如此，不是致命傷，把這兩個帶回去，正好看看受到致命傷和非致命傷的，變成怪物有沒有區別。

死的登記０１２，還活著的這個是０１３。

哀莫大於心死，０１３渾渾噩噩地度過再次醒來後的日子，剛開始還有各種讓異物都忍受不了的實驗，身上的血肉被割了又割，火燒冰凍是常有的事，但他憑藉著再痛也痛不過心臟的麻木，硬是忍過去了，而且毫無作為的舉動讓他失去實驗價值，絕大部分時間都待在圓筒裡沉眠。

０１３冷眼看著那些研究人員來來去去，他們張著嘴發出各種複雜的聲音，聽久了，他突然明白那是「說話」，而他越來越能聽懂對方在說什麼，但他保持安靜，本能地知道不能太過吸引人。

直到腦中傳來奇怪的聲音，他看向對方，很高的一個傢伙，０１３覺得對方很不滿，隨時處於爆發階段，他甚至能感覺到對方對前面那個人的殺意。

別動手，會更糟糕。

對方一僵，低下頭，四處找尋聲音來源。

「０４２怎麼突然不動了？」前方的研究人員不解地繞著０４２查看。

「不要靠他太近！」另一隻連忙拉著他後退，退了好一段距離才鬆了口氣，「這傢伙的攻擊力很高，每天都在進化，不能鬆懈。」

繼續走，別停在那裡。

０１３保持淡然，越走越遠離那隻高大傢伙。

經過這次經驗，０１３露了個不大不小的能力，讓自己不用回到圓筒沉眠，而是在小房間等待每日檢查，他聽見越來越多聲音，幾次試圖和這些聲音「說話」，往往都能成功，只是個個的反應不同，有些只是發怒暴躁，不像聽懂他的意思，有的卻能有所回應。

一開始那個高大的傢伙接受得最好，剛開始還有些懵懵懂懂，但０１３開著無事便與對方說話，跟他說怎麼讓自己過得最好，不會動不動就被切切割割的，漸漸地，對方幾乎都能懂他的意思，而且很聽話。

０１３漸漸掌控這個地方所有的實驗體，有些是聽話的，有些也能被強迫聽話，少數完全沒有反應的，他就拿來做各式各樣的嘗試，但這一切只是打發時間而已，０１３沒有任何追求。

直到那一日，他被帶去做例行的檢查，看見了那個東西，一個肢體非常古怪的異物，瘦瘦的四肢，大得不成比例的肚子，完全違反強悍的定義，這副模樣應該連走路都有困難。

０１３卻被她吸引了，盯著那肚子，他覺得有什麼應該是要從那裡出來的，那個東西……他想看。

然而沒看見東西從肚子跑出來，０１３先看著她被帶去實驗室，淒厲的慘叫聽得他徹底暴躁了，自醒來後，從沒有過這種情緒。

聽了一陣子，０１３決定帶她離開這裡，不要再繼續尖叫下去……

「那是修羅，還有母魔嬰，至於你，你的名字就叫做十三。」

十三張開眼，整個人跳了起來，左右張望，卻聽見嗚噎聲，低頭一看，一個小女孩摔在地上，抽抽搭搭的哭。

十三把她從地上撿起來，重新抱回懷裡，天氣冷，小女孩受不了，就算有火堆也不夠，幸好十三身上很暖和，雖然他也怕冷，但還是比小女孩強多了。

女孩仍舊哭個不停。

「貝貝不哭。」十三不熟練地哄著女孩，「不會再摔妳。」

貝貝卻哭得更傷心了，「我要媽媽，媽媽——」

十三皺了皺眉，脫口而出：「媽媽死掉了。」

貝貝真不哭了，她嚇呆了，死這個字，女孩年紀小，其實還懵懵懂懂，但也知道那是個恐怖的字眼，如今卻被冠在最重要的媽媽身上，小女孩都呆了。

但呆滯過後，卻是更加慘烈的嚎啕大哭。

十三束手無策，只能看著小女孩哭，幸好他的傷已經好了大半，否則女孩這種哭法，不知道會引來多少東西，現在能動得了十三的異物或者人都不多。

一個高大身形緩緩從陰影中走出來，手上拖著一截殘肢，看著像是某種動物，他看了看哭號的小女孩，眼神很是不善，但卻沒有出手。

「修羅，母魔嬰還會動嗎？」

修羅搖了搖頭，隨後把血肉丟到十三面前。

十三眉頭深皺，若是之前，他一定會因此厭惡那個「疆書字」，說不定還會追上去想方設法地要殺他，但有了貝貝之後，他似乎有點不是那麼在意母魔嬰了。

母魔嬰和修羅不同，十三「選擇」修羅作為重要的同伴，卻僅僅是「容忍」母魔嬰，雖然他並不知道為什麼要忍，但之前他還是忍了，雖然母魔嬰肚子裡跑出來的東西並不合他的意。

然而有了貝貝，十三知道自己不是一定要母魔嬰，所以對疆書宇沒有多少怨恨，尤其對方放過了他，十三覺得自己不是那麼想殺對方。

「把東西烤熱。」

修羅臭著臉照做，他不愛靠近火，但十三總是要生火，還要把食物烤一烤才餵小女孩，還不能是人肉，麻煩的舉動一波接一波，不過他必須承認，吵鬧的小女孩至少比母魔嬰好一些，後者一瘋起來，連同伴都照殺不誤，而且食量太大，光是要搞到她吃的東西就麻煩死了。

想到這，修羅看了小女孩一眼，吃那一丁點東西，倒是蠻好養活，他也就大方接納對方取代母魔嬰的位置。

「吃。」十三把烤熟的肉推到女孩嘴邊。

貝貝哭得都快岔氣了，哪有辦法吃東西。

「媽媽！爸、爸爸……」

十三一僵。

「找媽媽、我要找媽媽……」

十三看著貝貝，也覺得缺了點什麼，或許小女孩是對的，正是缺了「媽媽」也說不定，他點頭同意。

「好，找媽媽。」

貝貝不哭了，她抬頭看著十三，雖然對方有尾巴，小女孩知道人沒有尾巴，但多虧十三還是保持大部分人形，她沒有那麼害怕對方，若換成修羅或母魔嬰，小女孩絕對哭到死為止。

她咬了對方手上的肉，吃飽喝足後窩進十三的懷裡睡覺，感覺非常的溫暖。

順著路走回去，十三抱著小女孩，遠遠地眺望著收容所，那裡已經是人間煉獄。

不願挪動腳步的人們，拿了軍人分的食物和武器，帶著僥倖的心理想繼續待在軍區不動彈，就像被養在池子裡的魚，就等著異物前來捕撈。

現在的異物很餓，沒花多少時間就找上門，收割這些美味的食物。

貝貝嚇呆了。

「媽媽死掉了。」十三冷漠的說。

煉獄般場景讓貝貝緊抱住十三，宛如溺水的人抓住浮木，催促：「好多好多怪物，爸爸走，我們快走！」

十三如言挪動腳步，說：「我叫十三，不是爸爸。」

「爸爸、爸爸……」小女孩嚇得只能不斷重複這個詞，也不喊媽媽了，像是在催眠自己，眼前這個就是自己的爸爸。

十三沉默不語，拍了拍貝貝的背，隨後卻疑惑地看著自己的手，不知為何要怎麼做。

接下來，小女孩發了幾天的高燒，天寒地凍，加上屢屢受到驚嚇，這一病簡直都快要了她的命。

十三覺得自己非常暴躁，比當初聽見母魔嬰的尖叫還要更暴躁，但他束手無策，只好命修羅去抓幾個人回來，要活的。

那些人渾身顫抖，跪在修羅的腳下，隨後愕然看見十三走出來，竟沒有害怕修羅的意思。

「救命啊！」

「快救救我們——」

求救聲止於十三舉起身後的大尾巴。

十三掃了一圈，找了一個看得最順眼，最沒有威脅性的人，用尾巴圈起她就走，對方叫得淒厲無比。

「不要吵。」

現場頓時鴉雀無聲。怪物竟……說話了？

其他的，能吃？修羅覺得有點餓，雖然剛吃過沒多久，但總是餓。

十三可有可無的點了點頭，「留下我要吃的部分。」

修羅表示同意，十三喜歡吃軀幹中間那顆東西，他說那叫「心臟」，若不是逼不得已，根本不願吃其他部分，非常地挑食，幸好十三食量小，一般來說，一天一兩顆也夠了，除非他剛戰鬥完，或者受了重傷。

滿地的人開始尖叫，修羅一爪子過去，世界安靜了，可以吃飯了。

十三圈著人，來到小女孩待的樹洞裡。

「讓她醒來，如果她不動了，我會吃掉妳。」

女人發著抖，從沒想過會發生這種事，怪物竟然會說話？這個小女孩到底又是不是怪物？她滿心害怕地開始照料生病的小女孩，但什麼東西都沒有的狀況下，她能做的也不多，倒是時時刻刻想逃走。

幸虧，現在是末世，人怎麼死都很少是病死的，小女孩終究是慢慢好起來了。

某次，女人抓到機會，十三去吃東西，只留她照顧小女孩，女人低頭看了小女孩一眼，有些不忍，此時倒是已確定女孩是人，但她自身都難保，顧不上這女孩了。

十三轉頭看向樹洞的方向，他只是怕貝貝看見自己吃人的場景，又要嚇哭了，所以離遠點吃飯，但他仍舊牢牢掌控那邊的狀況，若是女人想對貝貝不利，十三隔著這麼遠都能讓她失去行動能力。

「修羅，去吃了那一個。」

反正她也沒有用，本來想放著等貝貝醒來，問問看這是不是「媽媽」，但既然對方不想留在貝貝身邊，那就算了。

十三走回樹洞，正好看見小女孩張開眼睛，他覺得自己心臟的地方爆炸了，但卻一點都不痛苦，反而是非常舒服的感覺，十三很喜歡。

小女孩迷迷糊糊地被餵了水和肉，撒嬌的說：「爸爸我要吃糖糖。」

十三歪著頭，「糖糖是什麼？」

「爸爸好笨喔！」貝貝笑瞇了眼，彷彿看不見十三背後的大尾巴，只是詳細的說：「透明的、甜甜的東西，很好吃喔！」

十三有點苦惱，出去問修羅有沒有見過類似的東西。

修羅想了想，掏出一顆透明的東西來。

十三皺了眉，問：「這是什麼？」他知道修羅不會放無用的東西在身上。

不知道，母魔嬰掉的。

修羅沒想太多，當時撿起來後就忘了，直到十三問起，才想起來有這麼一個玩意兒。

母魔嬰？十三也不在意，帶著「糖糖」回去給貝貝。

「好香的糖糖喔！」貝貝本能地被吸引了，直接吃下去，看起來很高興。

貝貝高興了，十三也高興了，決定多搞點「糖糖」餵貝貝，既然是母魔嬰掉的，其他的搞不好也會掉？

兩異物和一小孩，開始不分人類異物地一路橫掃過去。

我叫疆書宇，疆域的疆。

貝貝張開雙眼，揉揉眼睛，抬起頭一看，十三沒睡，正看著火堆發呆，現在輪到修羅睡，他們總是一睡一醒，免得有東西突襲，雖然兩人幾乎很少遇到敵手，除非是數量太多的群體，那他們也會先行繞開，不會硬碰，十三不希望貝貝有危險。

發覺貝貝醒來，十三低頭看向她。

貝貝一邊玩著十三的尾巴尖端，一邊問：「爸爸，疆書宇是誰啊？貝貝睡覺的時候一直聽到這個名字。」

高燒過後，貝貝想不出來的事情很多，她總是問，但十三多半回答不出來。

許久沒聽見這個名字，十三想了想，回答：「和妳一樣的。」

貝貝驚奇了，追問：「跟我一樣是爸爸的小孩嗎？那是哥哥嗎？」

「……嗯。」十三不太懂，而不懂的事情，他會直接回答肯定的答案，因為否定的話，貝貝會繼續追問下去，他總是答不出來，但回肯定的話，她多半就不會再問了。

「那哥哥去哪了？」

十三有點悶，這次，肯定的回答好像也沒有用。

「不知道，他走了。」

貝貝簡直不敢置信，直呼：「爸爸你太迷糊了啦，居然連哥哥也能弄丟！」

「嗯。」

「一定要把哥哥找回來才行，你還記得他的長相嗎？」

「嗯。」十三記得對方一身的寒氣，比冬天還冷，靠近會很不舒服。

「那我們去找哥哥，把他帶回來。」

面對小女孩的要求，十三難得皺眉沒一口應下。疆書宇很強，而且那種寒冷的氣息也是他不擅長應付的，十三沒有必勝的把握。

「爸爸？」貝貝生氣了，「你要當一個好爸爸，不可以亂丟自己的小孩，一定要找回來！」

十三沉默良久，應了聲「嗯」。

貝貝滿意了，雖然是個「嗯」字，不過她家爸爸就是這樣，只要應了就會做到，所以不用怕找不回哥哥了。

不知道哥哥到底長什麼樣子呢？貝貝高興得在爸爸懷中滾來滾去的，她實在寂寞了，雖然她不是一個人，但不管是爸爸或修羅，總是感覺和她不太一樣，而爸爸說哥哥和她是一樣的！好期待！

十三招來修羅，對方比以前更高了，但差距不算太大，差不多一公尺上下而已，而且也學會說一點話。

「修羅，去找更多能夠聽話的同伴，越多越好。」

貝貝要「疆書字」，十三推測自己可能打不贏，那麼，就只好多找點幫手了。

修羅領命而去，既然十三說要「越多越好」，以他的理解，這應該是一直找下去的意思，畢竟越多越好嘛！

某支異物大軍，在接二連三的誤解之下，漸漸組建起來，軌跡拐了個彎又走回前世的路，只是這次不再有母魔嬰，十三也沒有見人就殺的兇殘之名，反而規範著手下的異物在殺之前必須確定不是「疆書字」。

世人皆知，頂階強者十三，身旁最強的戰將是刀刃修羅，他的逆鱗則是——魔女音貝貝。

—不祥的數字・完—

末世某一天

姓疆沒節操

「大哥，我覺得自己愧對疆家列祖列宗，我喜歡女人又喜歡男人，沒節操到男女通吃，嗚嗚……」

「哪兩個？我幫你抓回來。」

「嗚嗚，我愧對疆家列祖列宗，智商居然低到跟大哥講節操，嗚嗚……」

拚哥WHO怕WHO

「鳳，我姓疆，你姓靳，共通點是筆劃都超多，咱們的哥哥們還都不太會念書，我在想，如果老師叫你哥和我哥罰寫自己的姓氏，他們誰會寫得比較快？」

「你哥。」

「不，是妳哥，我哥會交白卷後蹺腿看著老師，然後老師就自己投降了。」

「我哥會讓手下把老師塞進汽油桶後灌水泥沉入海灣。」

「……好吧，妳贏了。」

後記

本集是開始展開新局面的一集，不管是大哥的形象，或者是基地的建造都漸漸開始起來，咱們家書宇也開始建立專屬小隊冰槍了，有種建設預備中的一集。

然後也漸漸開始交代疆域眾人的故事，雖然是第一人稱，但是也不能忽略迷人可愛的眾配角們嘛！

說到配角，不知道大家有沒有猜到關薇君的出現呢？

其實，雖然她出現得晚，卻是一個很重要的角色，一開始設定靈魂互換的概念，有個想法是，一個人若能重活，卻活在不同身體和生長環境中，最後長成的那個人到底會有所不同或者仍舊相同呢？

就疆書宇的例子，他是有點不同的，但不同的原因卻是上輩子的悔恨，造就他這輩子遠比上輩子努力拚命許多，恢復記憶後，影響的因素又更多了，咳，不只那個性向問題而已，書裡還寫到許多，這個就讓大家自行看書發掘了。

關薇君算是一個對照組，她是沒有多大改變的，幾乎都是上輩子那個人完整地搬過來，當然，因為沒有記憶的關係，她的性向果斷沒有問題，哈。

並且藉著關薇君，我也順便把大哥的真面目……或者應該說另一個面向？慢慢交代出來。

威武霸氣，一出場就吸引所有人的視線，絕對不敢小覷對方，這個形象對我來說仍舊太過模糊，就像國王一走出來，自然而然就讓眾人跪拜，但這國王到底是個什麼樣性格的人，卻說不上來。

太模糊了，我想讓大家看見更有血有肉的疆書天，不是完美的，某些沒節操的舉動會讓女性同胞愛之又恨之；也不總是霸氣外洩，其實笑的時間並不比霸氣的時間短；喜歡逗逗弟弟，看少年老成的弟弟被鬧得炸毛，這才讓他有自己是哥哥的感覺；乍看是個專斷獨行的人物，但因為知道自己知識面不行，其實蠻聽得進他人意見，這點大半是從小老成的弟弟幫他練出來的，都能聽十歲娃的指揮做事了，那聽聽其他成年人的意見當然沒問題。

話又說回來，因為沒有少年老成的疆書宇當弟弟，冰皇的個性其實比這世的疆書天要來得專制獨行一些，而君君的變化更是明顯了，上輩子的她雖也喜歡哥哥們，但可沒有這世如此的二哥控，家人之間的互相影響，非常的有趣。

其實也不只大哥，每個角色都一樣，想讓他們在各位讀者眼中更加有血有肉一些，而且不是單純的某個形容詞就可以涵蓋過去。

希望大家會喜歡這些沒那麼完美，缺點不少，連有沒有節操都待商榷的角色們了。

By 御我

國家圖書館出版品預行編目資料

終疆 04：蘭都爭霸 / 御我 著.-- 初版.-- 臺北市：平裝本. 2016.1 面；公分（平裝本叢書；第425種）（御我作品）

ISBN 978-957-803-999-5（平裝）

857.7 104026681

平裝本叢書第 425 種
御我作品
終疆
04 蘭都爭霸

作　　者—御我
發 行 人—平雲
出版發行—平裝本出版有限公司
台北市敦化北路 120 巷 50 號
電話◎ 02-27168888
郵撥帳號◎ 18999606 號
皇冠出版社（香港）有限公司
香港上環文咸東街 50 號寶恒商業中心
23 樓 2301-3 室
電話◎ 2529-1778　傳真◎ 2527-0904
總 編 輯—龔橞甄
責任編輯—平　靜
美術設計—程郁婷
著作完成日期— 2015 年 11 月
初版一刷日期— 2016 年 1 月
初版二刷日期— 2016 年 3 月
法律顧問—王惠光律師

讀者服務傳真專線◎ 02-27150507
電腦編號◎ 553004
ISBN ◎ 978-957-803-999-5
Printed in Taiwan
本書特價◎新台幣 249 元 / 港幣 83 元